Coverdesign: JC Clarke, The Graphics Shed
Übersetzung: Julia Fuchs
Lektorat: Kerstin Neef

Walter Landin im Wellhöfer Verlag

Der mehrfach preisgekrönte *„Zauberer des Wortes“* (Mannheimer Morgen), Walter Landin, sorgt nach seinen Bestsellern „Mord im Quadrat“ und „Mannheimer Karussell“ erneut für spannende und packende Unterhaltung.

WALTER LANDIN

Bluthitze

Roman, 272 Seiten; 11,90 Euro

Gluthitze über Mannheim. Hauptkommissar Lauer ermittelt im Fall eines erschossenen polnischen Erntehelfers. Sein Kollege, Oberkommissar Meißner fällt aus, eine Praktikantin scheint ihm das Leben auch nicht leichter zu machen. Zu allem Überdruss hat Lauer gleich darauf eine zweite Leiche am Hals: eine Journalistin, erschlagen mit einem Beil – Mord im Doppelpack. Und das alles im brütend heißen Juli 2007. Lauer wirkt überfordert – nicht nur beruflich. Und als sich endlich einiges zu lichten scheint, führen die Spuren plötzlich zurück in die Vergangenheit. Ein weiterer Mord rückt in den Blickpunkt der Ermittler.

www.wellhoefer-verlag.de

Walter Landin im Wellhöfer Verlag

WALTER LANDIN

Mannheimer Karussell

176 Seiten
9,80 Euro

Erst der Erpresserbrief im Briefkasten. Dann die Frauenleiche im Ehebett. Für Hermann Baumer kommt es knüppeldick. Anstatt die Polizei einzuschalten, macht er sich an die private Entsorgung der Leiche, was gar nicht so einfach ist. Schritt für Schritt gerät Baumer mehr auf die schiefe Bahn. Und bevor er groß zum Nachdenken kommt, ist er mittendrin in einem Korruptionsskandal, in dem es um Grundstücksschiebereien und Beamtenbestechung geht. Das „Mannheimer Karussell" kommt in Fahrt.

Nach der erfolgreichen Mannheimer Kurzgeschichtensammlung „Mord im Quadrat" mit *„raffiniert eingefädelten Geschichten"* (Die Rheinpfalz), die alle *„die Atmosphäre der Quadratestadt und das Lebensgefühl der Mannheimer widerspiegeln"* (Mannheimer Morgen), sorgt Walter Landins Kriminalroman „Mannheimer Karussell" für fesselnde Spannung. Und wieder spielt Mannheim eine Hauptrolle.

Michail Krausnick im Wellhöfer Verlag

Michail Krausnick
Autor und Regisseur, Jugendliteraturpreisträger, Autor zahlreicher preisgekrönter Romane, Kurzgeschichten und Biografien

Beruf: Räuber

206 Seiten; 9,80 Euro

Das Buch ist so spannend zu lesen wie ein Krimi. Nur: Es ist kein Krimi. Der mehrfach ausgezeichnete Klassiker über die Räuberbanden um Hölzerlips und Mannefriedrich in überarbeiteter Neuauflage.

Krausnick gelingt es, dem Leser Furcht und Mitleid einzuflößen. (Mannheimer Morgen)

Der Pfälzer Al Capone

214 Seiten; 12,80 Euro

Al Capone und Hilly im Pfälzer Wald – Eine Story wie aus dem Kino. Spannende Zeitgeschichte; ein packendes Zeitpanorama der Kriegs- und Nachkriegsjahre. (Rhein-Neckar-Zeitung)

www.wellhoefer-verlag.de

Ein Gasthaus voller Geister

Das Hexengasthaus, Band 2

Jeannie Wycherley

Ein Gasthaus voller Geister
Das Hexengasthaus, Band 2

von

Jeannie Wycherley

Bark at the Moon Books

Hier können Sie sich für den Newsletter der Autorin anmelden (in englischer Sprache):
http://eepurl.com/cN3Q6L
Herausgeberin: Anna Bloom, The Indie Hub

Kapitel 1

Ein gellender Schrei hallte durch die Nacht und ließ mich aus unruhigen Träumen hochfahren.

Obwohl die Morgendämmerung sich bereits ankündigte und ich noch nicht viel geschlafen hatte, zwang ich mich, aufzustehen und dem furchtbaren Geräusch auf den Grund zu gehen. Es hatte so verzweifelt geklungen. Mit weit aufgerissenen Augen und gepresstem Atem befreite ich mich fieberhaft von der Bettdecke, in der ich mich verfangen hatte, während ich mich stundenlang hin und her gewälzt hatte, und sprang aus dem Bett. Woher war dieser Klagelaut bloß gekommen? Ich fuhr mir mit der Hand durchs Haar und lauschte in die Stille.

Eine Million Gedanken schossen mir durch den Kopf. Einer der scheußlichsten davon war, dass die Mori nach Whittlecombe zurückgekehrt und in mein Gasthaus eingedrungen sein könnten, obwohl ich die Sicherheitsvorkehrungen in den letzten Wochen um ein Vielfaches erhöht hatte. Ich hatte eine Alarmanlage im Erdgeschoss und Überwachungskameras an der Vorder- und Rückseite des Hauses installiert, die Informationen direkt an einen neuen Computer in meinem Büro weiterleiteten.

Doch das Whittle Inn ist nun mal ein altes Gemäuer. Das ursprüngliche Gebäude stammt aus dem späten Mittelalter, und auch die Anbauten sind Jahrhunderte alt und nicht sonderlich solide gefertigt – deshalb ist das Gasthaus ja auch so krumm und schief. Wenn sich jemand Zutritt verschaffen wollte, würde er es wahrscheinlich mit Leichtigkeit schaffen.

Dass die Mori noch eine Rechnung mit mir offen hatten, war einer der beiden Hauptgründe dafür, dass ich unter Stress und Ängsten litt. Nachts raubte mir das den Schlaf und tagsüber die Nerven. Die zweite Sache, die mir zu schaffen machte und mich mit Traurigkeit erfüllte, war die Art und Weise, wie der Mann, den ich glaubte zu lieben, Jed, mich hintergangen hatte. Wie viel er mir bedeutete, war mir erst richtig bewusst geworden, nachdem ich ihn verbannt hatte.

Aber jetzt gerade dachte ich nicht an Jed, denn es ertönte ein weiterer Schrei, der mir das Blut in den

Adern gefrieren ließ, so unerträglich durchdringend klang er, voller Furcht und Schmerz.

Ich schnappte mir meinen Morgenmantel und kämpfte mit dem Schloss der Schlafzimmertür, das erst kürzlich eingebaut worden war. Als es sich endlich öffnete, raste ich los über den Flur, um dem Geräusch zu folgen. Im Laufen zog ich mir den Morgenmantel über und polterte barfuß über die blanken Holzstufen der Hintertreppe, wo noch kein neuer Teppich verlegt worden war.

Als ich die Küche zu meiner Rechten erreichte, drehte ich ab und schlich durch den hinteren Gang auf die Bar zu, vorbei an den beiden Separees The Snug und The Nook, deren Türen nur angelehnt waren und die beide in völliger Dunkelheit lagen. Hier könnte sich jeder drin versteckt haben. Meine Schritte verlangsamten sich, und mein Herz hämmerte heftig in meiner Brust. Was hatte ich mir nur dabei gedacht? Ich hätte in meinem Zimmer bleiben und vielleicht morgen früh jemanden aus dem Dorf anrufen sollen, der mir hilft, das Gasthaus bei Tageslicht zu durchsuchen.

Doch als der furchterregende Schrei erneut ertönte, spürte ich auch dieses Mal die große Verzweiflung, die darin mitschwang, beinahe, als sei jemand in Todesangst. Hinter mir war niemand her, aber jemand anderes wurde anscheinend verfolgt und brauchte meine Hilfe. Dringend.

Ich atmete tief durch und huschte zur Tür der Bar. Durch die Milchglasscheibe war ein Licht zu sehen, das zu flackern und zu tanzen schien. Vorsichtig drückte ich den Griff der Tür hinunter, zog diese auf und schlüpfte in die Bar. Abrupt hielt ich inne, weil mir das, was ich sah, einen Schock versetzte. Nach einem kurzen Aufschrei fasste ich mich und schoss in den Raum.

Das tanzende Licht war in Wirklichkeit ein Mensch, der in Flammen stand. Eine Frau in einem langen Kleid. Das Feuer hatte ihr Kleid am unteren Saum erfasst und sich blitzschnell nach oben ausgebreitet, sodass auch ihr Haar lichterloh brannte. Sie wirbelte herum wie ein Derwisch und schlug mit schmerzverzerrtem Gesicht auf die lodernden Flammen an ihrem Körper ein.

„Fallen lassen und hin- und herrollen!“, schrie ich. Das hatte ich früher einmal in der Schule bei einem Erste-Hilfe-Kurs gelernt. Die Frau reagierte nicht darauf, wahrscheinlich konnte sie mich in ihrer schrecklichen Not gar nicht hören. „Fallen lassen und hin- und herrollen!“, rief ich erneut und sah mich nach etwas um, das ich benutzen konnte, um ihr zu helfen. Ich entdeckte ein altes Laken, das zusammengeknüllt auf der Fensterbank lag. Damit hatte ich während der Renovierung die

Möbel abgedeckt, nun eilte ich zum Fenster und schnappte es mir.

Dann rannte ich auf die Frau zu, wobei ich sie durch die Flammen und den Rauch kaum sehen konnte. Der unverwechselbare Gestank von verbranntem Haar und Stoff erfüllte die Luft. Ich warf das Laken über sie, wickelte sie darin ein und schlang meine Arme um sie. Anschließend zog ich sie mit mir zu Boden, um die Flammen möglichst schnell zu löschen. Als Nächstes würde ich sofort einen Krankenwagen rufen.

Aber während wir fielen, verschwand sie plötzlich aus meinem Griff. Unsanft landete ich samt dem Laken auf dem Boden. Keuchend schleuderte ich es von mir weg, setzte mich in der Dunkelheit auf und versuchte, den beißenden Rauch wegzufächern, der in meiner Lunge brannte. Die Frau war verschwunden.

Am ganzen Körper zitternd und mit rasendem Herzen sprang ich auf und stolperte zum Lichtschalter. Das grelle Licht blendete mich, und blinzelnd wirbelte ich herum. Außer mir war niemand hier. Frustriert versetzte ich dem alten Laken auf dem Boden einen Tritt und spähte nervös in die dunklen Ecken des Raumes.

Mit angehaltenem Atem und zusammengepressten Lippen stand ich da und lauschte angestrengt. Das Gasthaus gab seine üblichen Nachtgeräusche von sich. Da war das entfernte Glucksen des alten Heizkessels. Das

Knarren und Ächzen einiger Balken und Dielen. Das leise Klirren von zwei Fenstern im Obergeschoss, die sich aus ihrem Rahmen gelöst hatten und ersetzt werden mussten. Das Huschen und Krabbeln von kleinen Füßen in den Wänden und unter dem Boden.

Ungläubig schüttelte ich den Kopf. „Ein Geist", flüsterte ich, lachte resigniert auf und machte mich auf den Weg zurück in mein warmes, gemütliches Bett. In einer Stunde würde ich sowieso aufstehen müssen.

Doch in diesem Moment sträubten sich mir die Haare im Nacken, und ein Schauer lief mir über den Rücken, während die Raumtemperatur mit einem Schlag um mehrere Grad sank. Wie erstarrt blieb ich stehen.

„Hallo? Wer ist denn da hinter mir?", fragte ich in die Stille hinein und drehte mich auf dem Absatz um. Das Laken hatte sich in die Luft erhoben, und ich konnte die menschliche Gestalt darunter deutlich erkennen. Der Geist war wieder da.

„Das darf doch nicht wahr sein", raunte ich. „Wer in aller Welt bist du?"

Es stellte sich heraus, dass sie Florence hieß. Sie war in den 1880er-Jahren Hausmädchen hier gewesen und hatte diese Arbeit geliebt.

„John James Daemonne war zu dieser Zeit der Wirt des Whittle Inn. Ein sehr angesehener Gentleman, Miss. Es war seine Tochter, die mich einstellte. Da seine Frau bereits in jungen Jahren verstorben war, übernahm seine Tochter den Haushalt, als sie alt genug war. Der Gasthof war damals sehr beliebt und hatte immer viele Übernachtungsgäste. Meist musste ich mitten in der Nacht aufstehen, um mich um alle Kamine und den Herd in der Küche zu kümmern. Wenn das Frühstück fertig war, brachte ich den Gästen den Tee auf ihr Zimmer und machte ihnen Feuer. Ich hatte immer viel zu tun, Miss."

„Das waren noch ganz andere Zeiten als jetzt", sagte ich nachdenklich und rührte Milch in meinen Becher Tee. Ich hatte Florence in die Küche geführt, die immer der wärmste Raum im ganzen Haus war.

Sie sah mir mit einem verwirrten Blick zu, was ich da tat.

„Benutzen Sie keine Kanne, Miss?"

„Eine Teekanne?", fragte ich. „Ach, für eine Person lohnt es sich nicht, eine ganze Kanne Tee zu kochen, oder?" Ich sah sie überrascht an und fragte mich, ob ich die Situation falsch eingeschätzt hatte und sie vielleicht auch eine Tasse wollte. Vorsichtshalber fragte ich eilig nach: „Du trinkst doch keinen Tee, oder? Ich meine, jetzt, wo du ein Geist bist?“

Florence schaute an sich hinab, auf ihre verkohlte, schwelende Kleidung, und verzog das Gesicht. „Nein, danke, eher nicht.“

Sie musterte die Art und Weise, wie ich den Teebeutel aus meiner Tasse zog und in das ziemlich schmutzige Spülbecken warf. Dann sah sie mich kurz an, als wolle sie sichergehen, dass ich nichts dagegen hatte, und nahm den Teebeutel vorsichtig zwischen Daumen und Zeigefinger und untersuchte ihn. Vielleicht hatte sie noch nie einen gesehen.

„Erzähl mir, was mit dir passiert ist“, bat ich sie und nahm einen Schluck von meinem Tee. Er war zu heiß und schmeckte nicht wirklich. Florence hatte recht, ich hätte die Teekanne benutzen sollen.

„Es geschah eines Morgens, als ich das Feuer im Kaminofen in der Bar anfachen wollte. Das war stets unser größtes und wichtigstes Feuer und brannte den ganzen Tag und die halbe Nacht, meistens bis weit nach zwei Uhr. Es war immer jemand da, wissen Sie? Hier war immer etwas los.“

„Ja, das glaube ich dir gern“, gab ich zurück und versuchte, mir nicht anmerken zu lassen, wie gespannt ich war.

„An diesem Tag trug ich einen neuen Unterrock. Er

war nicht gut gestärkt, und ich glaube, mein Rock ist irgendwie hochgerutscht, und ein Funken hat den Unterrock entzündet, und schon im nächsten Moment stand ich komplett in Flammen."

Ich schauderte bei der Vorstellung und erinnerte mich an die durchdringenden Schreie, die mich vorhin geweckt hatten. Nun konnte ich nachvollziehen, warum sie so voller Schmerz und Angst geklungen hatten. Florence war in der Tat ein gruseliger Anblick. Ihre Kleidung glühte unaufhörlich und hing in Fetzen an ihr herunter. Glücklicherweise schien ihr geisterhafter Körper weitgehend unversehrt zu sein, abgesehen von Ruß an den Händen und im Gesicht. Ihre weiße Baumwollhaube saß jedoch ordentlich auf ihrem Hinterkopf und bildete einen seltsamen Kontrast zum Rest ihrer verbrannten Kleidung.

Ich rieb mir die Stirn, weil ich spürte, dass sich heftige Kopfschmerzen bei mir anbahnten. „Und warum hast du dich jetzt entschlossen, hierher zurückzukehren?"

Florence starrte mich ausdruckslos an.

Aus Erfahrung wusste ich, dass es für einen Geist beunruhigend sein kann, von jemand anderem zu erfahren, dass man tot ist. Daher versuchte ich, es ihr behutsam beizubringen. „Ich meine, ich wohne jetzt seit drei oder vier Monaten hier im Gasthaus und hatte schon viele Geisterbesucher, aber dich habe ich noch nie gehört oder gesehen."

„Oh, ich verstehe", nickte Florence, und eine einzelne Rauchfahne zog in meine Richtung und brachte mich zum Niesen.

„Gesundheit, Miss." Florence faltete die Hände und schaute besorgt zu mir hoch. Vielleicht fragte sie sich, ob ich mich erkältet hatte. Sie musste Anfang zwanzig gewesen sein, als sie starb. Ich fragte mich, ob sie eine Familie gehabt hatte, Menschen, die sie liebten und vermissten. Sie hatte so eine liebenswürdige Art an sich. „Ich erinnere mich, dass ich nach meinem Tod ins Gasthaus zurückkam und einige Zeit hier verbrachte, aber der einzige Mensch, der meine Existenz würdigte, war Alfhild Gwynfyre. Sie heiratete den Sohn meiner Herrin, James Daemonne."

Alfhild Gwynfyre Daemonne. Meine temperamentvolle Urgroßmutter und Namensvetterin.

„Nach dem Zweiten Weltkrieg haben sie den Kamin zugemauert und einen elektrischen Ofen eingebaut. Deshalb konnte ich nicht mehr zurückkommen, selbst wenn ich gewollt hätte. Ich wäre nicht rausgekommen und hätte hinter der Trennwand festgesteckt."

„Ich verstehe", sagte ich. Das leuchtete mir ein. „Wir haben den Kamin erst vor ein paar Wochen wieder freigelegt." Wir – das waren Jed und ich. Wir hatten das zusammen gemacht. „Und warum bist du jetzt wieder hier?"

Florence runzelte die Stirn. „Keine Ahnung." Sie schüttelte den Kopf, aber dann schien sie eine Eingebung zu haben und erhob den Zeigefinger. „Warte mal!", rief sie. „Welches Datum haben wir heute?"

„Ähm, Moment." Ich warf einen Blick auf den zerfledderten Wandkalender. „Den zweiten September."

„Ja dann! Es ist mein Jahrestag." Florence vollführte einen aufgeregten Hüpfer.

„Der Tag, an dem du gestorben bist?"

„Genau!"

Erneut fasste ich mir an den immer stärker dröhnenden Kopf und beschloss, den restlichen Tee zu entsorgen. Stattdessen würde ich mir gleich ein Glas Wasser und eine Schmerztablette holen. Ich versuchte mir auszumalen, wie es wohl wäre, sich über seinen eigenen Todestag zu freuen. Florence' freudige Reaktion darauf fand ich angesichts der Umstände zwar ein wenig merkwürdig, gleichzeitig aber auch irgendwie sympathisch.

„Bist du gekommen, um zu bleiben, oder verschwindest du gleich wieder? Kann ich davon ausgehen, dass du mich nun jedes Jahr am zweiten September um fünf Uhr morgens wecken wirst?", erkundigte ich mich.

„Ich würde gerne bleiben, wenn ich darf. Wäre das

denn in Ordnung für Sie?" Sie strahlte mich an, und ich grinste zurück. Ich mochte Florence.

„Klar wäre das in Ordnung für mich", erwiderte ich. „Je mehr, desto besser! Und nenn mich doch bitte Alf", erklärte ich ihr mit einer ausladenden Geste. Auf einen mehr oder weniger kam es nun wirklich nicht an, in meinem Gasthaus wimmelte es in jüngster Zeit geradezu von alten Geistern. Da gab es zum einen diejenigen um mich herum, die ich beschwören konnte, eine Fähigkeit, die ich erst kürzlich entdeckt hatte, und zum anderen jene, die plötzlich ohne Vorwarnung auftauchten.

„Wunderbar! Vielen Dank, Miss Alf."

Ich lächelte und ging in Richtung Hintertreppe, um mich auf mein Zimmer zurückzuziehen. „Ich werde mich noch mal kurz aufs Ohr legen. Wir sehen uns nachher."

„Ich werde eine Kanne Tee für dich bereithalten", rief Florence mir hinterher, wobei sie das Wort Kanne betonte.

Ganz schön frech! Ich steckte den Kopf durch die Tür. „Hey, mach mir ja keinen Ärger", rief ich und zwinkerte ihr zu.

Der Radiowecker ging genau in dem Moment an, als ich mein Bett erreichte. Ich hätte heulen können, so müde war ich. Wenn das mit diesen schlaflosen Nächten so weiterging, würde ich wohl bald einen Arzt aufsuchen müssen.

Ich schaltete das Radio wieder aus, weil ich die fröhliche Musik des lokalen Senders gerade nicht ertragen konnte, und kroch unter meine Bettdecke.

„Nur fünf Minuten“, stöhnte ich, „mehr will ich doch gar nicht.“

Als ich einschlief, drang zwar ein entferntes Weinen zu meinem Gehirn durch, aber nicht laut genug, als dass es mich hätte wachhalten können.

„Nicht weinen, Florence“, murmelte ich schläfrig. „Du bist jetzt hier bei uns im Gasthaus. Alles wird gut.“

Kapitel 2

Florence hielt Wort. Als ich vier Stunden später immer noch ziemlich groggy wieder auftauchte, hatte sie eine Kanne Tee und einen Berg Rühreier für mich vorbereitet. Der Tee, den sie aus Blättern zubereitet hatte, die sie in einer uralten Dose irgendwo in den Tiefen eines Schranks im Vorratsraum ausgegraben hatte, schmeckte um Längen besser als mein Teebeutelgebräu.

„Ich konnte in deiner Speisekammer nicht viel finden“, entschuldigte sie sich, und ich machte mir schuldbewusst eine gedankliche Notiz, im Dorf einige Lebensmittel zu besorgen und weitere zu bestellen. In den letzten Wochen hatte ich nicht besonders auf meine Ernährung geachtet.

Ehrlich gesagt hatte ich auf nichts besonders geachtet. Die weitere Renovierung des Gasthauses, vor allem die Malerarbeiten, waren zum Stillstand gekommen, auf sämtlichen Oberflächen hatten sich Staub und Dreck angesammelt.

Mir war es gut gegangen, solange mein Vater, Zauberer Shadowmender und ihre Freunde hier gewesen waren. Sie hatten mir geholfen, meinen Wald, den Shady Wood, vor den Mori zu bewahren, und waren danach noch eine Weile geblieben. Aber dann hatten sie alle wieder in ihr normales Leben (oder, im Falle meines Vaters, in das Leben nach dem Tod) zurückkehren müssen, und schon bald war ich allein mit meinen diversen Geistern gewesen. Und zu viel Zeit alleine zu verbringen, tat mir einfach nicht gut.

„Ich werde nachher ins Dorf runtergehen“, teilte ich Florence mit, „und ein paar Kleinigkeiten besorgen. Ich habe in letzter Zeit alles ein wenig schleifen lassen. Aber damit ist jetzt Schluss.“

„Das klingt vernünftig, Miss. Die frische Luft wird dir guttun. Du siehst ein bisschen blass aus, wenn ich das sagen darf.“

„Ist das so?“, fragte ich.

Kurz darauf musste ich zugeben, dass sie nicht unrecht hatte. Ich war nach oben gehuscht, hatte rasch eine Einkaufsliste zusammengestellt und einen Blick in den Badezimmerspiegel riskiert. Tatsächlich sah ich noch gespenstischer aus als die freche Florence. Ich kniff mir etwas Farbe in die Wangen und bürstete mir gründlich die Haare. In diesem Augenblick schwor ich mir, mich zu bessern – das war ich dem Gasthaus schuldig und mir selbst auch.

Zehn Minuten später schlenderte ich die Auffahrt hinunter, mit mehreren Einkaufstaschen unter dem Arm. Dabei vermied ich es, Jeds Kastenwagen anzuschauen. Er stand noch dort, wo Jed ihn am Tag der Schlacht um den Shady Wood geparkt hatte. In all den Wochen seit jener schicksalhaften Nacht war er ein Mahnmal für mich gewesen, das mich an meine verlorene Liebe und Jeds Verrat erinnerte. Nachdem der Wagen die ganze Zeit über Regen und Wind ausgesetzt gewesen war, strotzte er jetzt nur so vor Staub und Dreck.

Ich verspürte einen stechenden Schmerz in der Magengrube. Das Whittle Inn beherbergte nicht nur gute Geister.

An diesem Abend nahm ich ein dampfendes Schaumbad unter den wachsamen Augen meines kleinen Freundes, einer Waldohreule, die ich Mr. Hoo getauft hatte. Er verbrachte mehr und mehr Zeit in meiner Nähe und wagte sich gelegentlich sogar ins Innere des Gasthauses, was mir gefiel.

Oft ertappte ich mich dabei, dass ich mich mit ihm unterhielt, vor allem, wenn ich am Schreibtisch saß. Dann hockte er regelmäßig auf der Fensterbank, beobachtete mich aufmerksam und stieß gelegentlich einen Ruf aus, in der Regel genau im richtigen Moment. Ich hatte das Gefühl, dass wir uns schon ziemlich gut kannten.

Das abendliche Bad hatte ich mir zur Gewohnheit gemacht, um mich zu entspannen. Angeblich soll das ja beim Einschlafen helfen, und was das anging, war mir jede Hilfe recht.

Während ich mich wohlig im warmen Wasser räkelte, beobachtete ich Mr. Hoo, wie er vor dem offenen Fenster saß und an sich herumzupfte und -pickte. Dampfwolken zogen nach draußen und lösten sich in der kühlen Abendluft auf. Ich erinnerte mich daran, wie ich vor ein paar Monaten ein Herz in das Kondenswasser am Fenster gemalt und einen Liebeszauber ausgesprochen hatte.

Tja, mal ehrlich, der ist ordentlich nach hinten losgegangen, nicht wahr, Alfhild?

Wie heißt es doch so schön? Es ist besser, eine Liebe verloren, als überhaupt nie geliebt zu haben? *Was für ein dummes Geschwätz,* dachte ich verbittert.

Nur ein Vollidiot würde sich freiwillig das Herz brechen lassen.

Ich war überzeugt gewesen, dass mein Zauber Jed zu mir geführt hatte. Bis sich herausstellte, dass Jed in Wahrheit bloß seine eigenen Interessen verfolgte, die einzig und allein darin bestanden, mein Gasthaus und mein Land, inklusive des dazugehörigen Waldes, zu zerstören. Der verdammte Mistkerl hatte mich in eine Falle gelockt, und nur durch das beherzte Eingreifen von Shadowmender und seinen Freunden hatten wir Jeds Pläne durchkreuzen können.

Zwar hatte ich in der Vergangenheit schon ein paar Beziehungen gehabt, aber noch nie war ich in jemanden so verliebt gewesen wie in Jed. Er hatte eine große Lücke in meinem Leben ausgefüllt – eine Einsamkeit und eine Sehnsucht nach einem vertraulichen Miteinander gestillt, derer ich mir vorher gar nicht so bewusst gewesen war.

Es ist eine Sache, in Pubs und Clubs zu arbeiten und Partys zu schmeißen, wie ich es früher in London getan hatte. Ich hatte immer einen guten Job gemacht und war die ultimative Gastgeberin gewesen. Aber es ist eine ganz andere Sache, enge Freundschaften und Beziehungen zu pflegen, und jemanden zu haben, auf den man sich in seinem Privatleben verlassen kann.

Wie viele Menschen in London hatten mein wahres

Ich gekannt, hatten gewusst, dass ich eine Hexe mit einer schwierigen Vergangenheit war, die sich von ihrer Mutter entfremdet hatte? Niemand. Und was noch schlimmer war: Niemand hatte es wissen wollen. Es war allen egal gewesen.

Das tat weh. Die ganze traurige Geschichte mit Jed hatte mich zutiefst erschüttert, und auf einmal liefen mir Tränen über die Wangen. Rasch spritzte ich mir Wasser ins Gesicht, um meinen unerwarteten Gefühlsausbruch zu verbergen. Der Schluchzer, der mir entwich, überraschte Mr. Hoo, der sich aufrichtete und mich mit großen, besorgten Augen anstarrte.

„Das ist so unfair", jammerte ich und schlug mit der flachen Hand auf die Wasseroberfläche, sodass eine Fontäne quer durch das Bad in Richtung meines Eulenfreundes spritzte. Wahrscheinlich fürchtete er, ertränkt zu werden, wenn er hierbliebe, und so schwang er sich in die Luft und flüchtete durch das offene Fenster zum Wald hinüber.

Schuldbewusst blickte ich ihm hinterher und kam mir wie der letzte Trottel vor.

„Das hast du jetzt davon!", schimpfte ich mit mir selbst und brach prompt erneut in Tränen aus.

Letztlich hat mir die Heulerei geholfen, meinem aufgestauten Kummer Luft zu machen und den Schmerz und die Verzweiflung loszulassen. Danach habe ich mir selbst eine Standpauke gehalten, dass ich mich nicht unterkriegen lassen würde.

Kurze Zeit später fühlte ich mich ruhiger und kam mir ein bisschen blöd vor. Ich hockte auf dem Badewannenrand, trocknete mir die Füße ab und überlegte, ob ich mir eine Tasse heiße Schokolade machen sollte, als ich irgendwo im Haus jemanden weinen hörte. Ein Unglück kommt ja bekanntermaßen selten allein.

Stirnrunzelnd wickelte ich das Handtuch fester um mich und tappte auf den Flur. Das Heulen schien aus einem der Zimmer im Gästetrakt zu kommen. Diese standen größtenteils noch leer, wodurch Geräusche stärker hallten, wie ich bereits festgestellt hatte. Ich folgte den gedämpften Lauten, bis ich vor einem der hinteren Zimmer stand.

Als ich die Türklinke hinunterdrückte, hörte das Schluchzen abrupt auf. Ich trat ein in der Annahme, Florence darin vorzufinden, aber der Raum war leer. Außer einem Doppelbett mit einer Matratze, einem Waschtisch, einer kleinen Kommode und einem schmalen Holzschrank gab es hier nichts und niemanden.

„Hallo?“, raunte ich und überlegte, ob vielleicht

einer der anderen Geister des Gasthauses hier drin sein könnte. Für einen Moment stand ich da und lauschte, vernahm jedoch nichts, das darauf schließen ließ, dass sich jemand hier aufhielt. Kopfschüttelnd wandte ich mich um. Mich fröstelte plötzlich in dem zugigen Raum in meinem feuchten, halbnackten Zustand, und so ging ich hinaus, schloss die Tür und stapfte über den Flur zurück zu meinen Wohnräumen.

Als das Schluchzen erneut ertönte, wirbelte ich herum, um dem Verursacher endlich auf die Spur zu kommen, aber das Geräusch schien nun weiter entfernt zu sein als zuvor. Vielleicht kam es doch aus dem Stockwerk darüber?

Ich eilte die Treppe hinauf und fand mich kurz darauf in einer wilden Verfolgungsjagd wieder, doch jedes Mal, wenn ich glaubte, der Quelle des Gejammers nahe zu sein, hörte es auf, und ich musste warten, bis es wieder anfing, meistens in der entgegengesetzten Richtung.

Als ich schließlich auf dem Dachboden landete, kam ich zu dem Entschluss, dass es an der Zeit war, der lächerlichen Jagd nach dem Nichts ein Ende zu setzen. Bevor ich das Licht einschaltete, erspähte ich den Neumond durch die große, runde Luke, von der aus man das gesamte umliegende Grundstück überblickte. Dann verschwand die Außenwelt, und unter dem trüben

Schein der Deckenlampe betrachtete ich das Sammelsurium an Gerümpel, das unter dem Reetdach lagerte. Angewidert verzog ich das Gesicht. Die jahrhundertealten Habseligkeiten meiner Familie zu sortieren, würde eine interessante Aufgabe werden. Eines Tages würde ich mich darum kümmern. Aber nicht heute.

Ich ließ den Blick durch den Raum wandern und vergewisserte mich, dass alles so war, wie ich es in Erinnerung hatte. Einem Impuls folgend ging ich zu dem Stapel mit den Familienporträts, der mit einem Bettlaken abgedeckt war. Ich lüftete das Laken und begegnete dem Blick meiner Urgroßmutter Alfhild Gwynfyre Daemonne, die vornehm, gleichzeitig aber auch leicht missbilligend dreinschaute.

„Was um Himmels willen ist hier los, Großmutter?“, fragte ich, bevor ich sie wieder zudeckte und in mein Zimmer zurückkehrte.

Kapitel 3

In dieser Nacht wurde ich ganze drei Male von dem kläglichen Weinen aufgeschreckt. Beim ersten Mal krabbelte ich noch aus meinem warmen Nest und machte mich erneut kurz auf die Suche, jedoch ohne Erfolg. Beim zweiten und dritten Mal blieb ich liegen und drückte mir ein Kissen auf den Kopf, um den Lärm auszublenden, doch es dauerte lange, bis ich wieder einschlief. Schließlich schaltete ich in einem Anfall von „ihr könnt mich alle mal" den Radiowecker aus und beschloss, so lange zu schlafen, wie ich Lust hatte.

Als ich später mühsam die Augen öffnete, merkte ich an der Helligkeit im Raum, dass es bereits mindestens zehn Uhr sein musste, vielleicht auch später. Von draußen drang das entfernte Brummen eines Rasenmähers an mein Ohr, und obwohl mein Rasen der einzige im näheren Umkreis war, und ich keine Ahnung hatte, wer ihn wohl gerade mähte, verspürte ich keinerlei Lust, aufzustehen und nachzusehen.

Mir war wohl bewusst, dass ich nun besser aus den Federn kriechen sollte, aber stattdessen schloss ich die Augen wieder und kuschelte mich stöhnend noch tiefer unter meine warme Decke. Meine Motivation, aufzustehen und das Gasthaus weiter auf Vordermann zu bringen, ging gerade gegen null. Wenn ich in diesem Tempo weitermachte, würde das Whittle Inn niemals wieder seine Pforten öffnen.

Nach meinem tränenreichen Zusammenbruch in der Badewanne hatte ich auf eine ruhige Nacht gehofft, so erschöpft und zugleich erlöst wie ich gewesen war. Normalerweise funktionierte das immer. Ich verfluchte den Übeltäter, der es geschafft hatte, mir das zu verderben.

„Hast du vor, den ganzen Tag im Bett zu bleiben?“, vernahm ich den vorwurfsvollen Ton meiner Urgroßmutter. Erschrocken rappelte ich mich ein Stück hoch.

„Grandma? Was machst du denn hier?“, fragte ich und blinzelte sie an.

„Ich wohne hier, schon vergessen?“, erwiderte sie in einem eisigen Tonfall, der mir inzwischen wohl vertraut war, denn seit unserer ersten Begegnung waren wir bei so mancher Gelegenheit aneinandergeraten.

„Ja, natürlich, aber ich dachte, wir hätten uns darauf geeinigt, dass ich den Vorzug habe, was die Nutzung der Räumlichkeiten hier angeht, weil ich im Hier und Jetzt bin und du nicht.“ Meine Urgroßmutter hasste es, wenn man sie daran erinnerte, dass sie tot war.

„Wir haben nichts dergleichen vereinbart“, fauchte Gwyn, wie ich sie insgeheim nannte, zurück.

Ich war mir ziemlich sicher, dass wir das sehr wohl getan hatten, aber ich wusste auch, dass sie es nicht auf sich beruhen lassen und sich sowieso nicht an irgendeine Vereinbarung halten würde. Gwyn betrachtete meinen Wohnbereich immer noch als ihren eigenen, und da niemand in der Familiengeschichte dieses Gasthaus länger geführt hatte als sie, nämlich von 1918, als sie meinen Urgroßvater heiratete, nachdem er aus dem Krieg zurückgekommen war, bis 1969, als sie starb, konnte ich ihr Theater sogar ein wenig nachvollziehen. Ich hatte sie quasi von ihrem Thron gestoßen.

Ich setzte mich auf, strich mir die Haare aus dem Gesicht und versuchte, gute Miene zum bösen Spiel zu machen, obwohl eine schrullige Geistergestalt am Fußende meines – unseres – Bettes stand.

„Schäm dich für diese Vorstellung, Alfhild! Du verbringst den ganzen Tag damit, Trübsal zu blasen, während das Gasthaus um dich herum wieder verfällt. Dabei hast du deine Sache erst so gut gemacht.“

Oh bitte, lass sie nicht von Jed anfangen.

„Ich weiß, Grandma.“ Sie hatte natürlich recht. „Ich tue mich nur im Moment echt schwer, mit allem fertig zu werden.“

„Du musst mehr Rückgrat zeigen, Mädchen. Wir Daemonne-Frauen sind doch aus hartem Holz geschnitzt. Wir lassen uns nicht von einem Fehler unterkriegen, und wir lassen nicht zu, dass die Männer unser Leben bestimmen“, erklärte mir Gwyn mit spitzen Lippen, und ich konnte mir gut vorstellen, dass sie damals Emmeline Pankhurst und die anderen Suffragetten unterstützt hatte.

Aber das war Gwyn, nicht ich. *Du hast leicht reden*, dachte ich. *Du hast in die Familie eingeheiratet. Der Gasthof war bereits etabliert. Du warst nie allein, so wie ich es bin.*

„Du hast ja keine Ahnung, wie einsam man sich als Ehefrau Anfang des zwanzigsten Jahrhunderts oft gefühlt hat, Alfhild“, meinte Gwyn, und ich fragte mich, ob sie telepathische Kräfte hatte oder ob mein Gesicht mal wieder ein offenes Buch gewesen war. „Mit deinem Urgroßvater zusammenzuleben war nicht gerade einfach. Als wir 1918 heirateten, kannte ich ihn noch nicht so gut. Er war gerade aus dem Krieg zurückgekehrt. Zuvor hatten wir uns nur regelmäßig geschrieben. Ich glaube, ich habe ihn vor der Hochzeit bloß ein halbes

Dutzend Mal getroffen, davon fünf Mal in Begleitung einer Anstandsdame."

„Einer Anstandsdame? Wow." Ich lächelte amüsiert. Wie sich die Zeiten doch geändert hatten.

Gwyn nickte. „So gefällst du mir schon besser, Alfhild. Immer schön lächeln und die Ruhe bewahren. Das ist das Mindeste, was du tun kannst."

„Hast du ihn geliebt?", fragte ich sie.

„Deinen Urgroßvater?" Gwyn dachte einen Moment lang nach, wobei sie gedankenverloren in die Ferne blickte und ihre Lippen leicht zuckten. „Eine Dame spricht nicht über solche Dinge. Und außerdem, was ist Liebe überhaupt?"

Ich seufzte tief und zuckte mit den Schultern. Darauf hatte ich keine richtige Antwort. „Eine ziemlich unangenehme und verwirrende Angelegenheit, wenn man schlecht behandelt und verletzt wird."

„Du bist so melodramatisch, Alfhild. Das ist das Problem mit den jungen Leuten von heute. Sie legen viel zu viel Wert auf Gefühle und nicht genug auf Pflicht und Verantwortung."

Ich wollte gerade etwas Bissiges erwidern, als das Getöse des Rasenmähers lauter wurde denn je. Anscheinend wurde nun direkt unterhalb meines Schlafzimmerfensters gemäht.

„Was ist denn da draußen los?“, fragte ich und hievte mich aus dem Bett.

„Ich habe Zephaniah gebeten, sich um den Rasen zu kümmern. Er ist wirklich in einem elenden Zustand.“

„Wer ist Zephaniah?“ Ich öffnete das Fenster und lehnte mich hinaus, um einen Blick auf den Kerl zu erhaschen. Eine große, schlanke Gestalt in einer Armeeuniform aus dem Ersten Weltkrieg fuhr unseren kleinen Aufsitzrasenmäher und zog gekonnt seine Bahnen. Er hatte nur einen Arm, aber er machte seine Sache besser, als ich es mit zwei Armen hingekriegt hätte.

„Noch ein Geist? Wo kommen die denn alle her?“

„Du hast irgendetwas an dir, das sie anzieht, meine Liebe. Steh jetzt auf und mach dich fertig. Wir haben noch so viel Arbeit zu erledigen. Ich sehe dich später im Büro.“ Damit verschwand sie, und ich starrte noch einige Augenblicke in den leeren Raum am Fußende meines Bettes, wo sie gerade eben noch gestanden hatte. Überdeutlich klangen ihre Worte in meinen Ohren nach: Pflicht und Verantwortung.

Wenn ein Fremder die Szene aus der Ferne beobachtet hätte, wäre er wahrscheinlich sehr verwundert gewesen, wie es möglich war, dass sich der Rechen von allein durch den Garten bewegte, um den Rasenschnitt aufzusammeln. Die Geister, die mein schräges Gasthaus bevölkerten, konnte man nur wahrnehmen, wenn man sich darauf konzentrierte, sie zu sehen, und das war kaum möglich, wenn man nicht mit ihnen rechnete.

Nachdem ich mir in der Küche einen Kaffee bei Florence geholt hatte, schlenderte ich nach draußen, um mich mit Zephaniah zu unterhalten.

Er blieb stehen, als er mich entdeckte, und nahm seinen khakifarbenen Hut ab. Ich schätzte ihn auf Anfang zwanzig, so wie Florence. Er musste einst ein gut aussehender Mann gewesen sein.

„Morgen", begrüßte ich ihn. „Du bist Zephaniah?"

„Zephaniah Bailey, Miss."

„Freut mich, dich kennenzulernen, Zephaniah. Du kannst mich Alf nennen, wenn du willst. Meine Urgroßmutter hat mir erzählt, dass sie dich gebeten hat, uns im Garten zu helfen. Was führt dich ins Whittle Inn?"

„Ich habe früher hier gearbeitet, Miss Alf. Vor dem Krieg. Ich habe mich mit meinem Onkel, Horace Bailey, um die Außenanlagen gekümmert. Er war hier viele Jahre lang der Chefgärtner. Ich wollte immer zurückkommen. Wenn der Krieg vorbei wäre, weißt du? Aber ich hatte im Leben nicht die Chance dazu."

„Du wurdest im Ausland getötet?"

„Ja, Miss Alf. In Belgien, in Ypern."

Es war schwer, bei der Erwähnung der berüchtigten Stadt, in der so viele alliierte Soldaten gefallen waren, nicht zu erschaudern. „Auf den Schlachtfeldern in Belgien muss es doch von Geistern nur so wimmeln", sagte ich nachdenklich und fragte mich, was ihn hierher geführt hatte, zurück ins Gasthaus.

„Oh, das ist auch so, Miss. Aber kalt ist es da drüben. Nichts als Schlamm, leere Munitionskisten und Stacheldraht. Ich sehnte mich danach, wieder hier zu sein. Die ganze Zeit über habe ich mir das gewünscht."

„Und jetzt ist es einfach passiert? Du hast dich selbst zurückbefördert?"

„Ja, Miss." Zephaniah nickte, und sein blasses Gesicht verfinsterte sich. „Es kam sehr plötzlich. Ich hänge jetzt schon eine Weile hier im Gasthaus herum und frage mich, was ich tun könnte. Um ehrlich zu sein, war ich ein bisschen deprimiert und wusste nicht so recht, wohin mit mir, aber deine Urgroßmutter hat angeboten, mir Arbeit zu geben. Sie ist eine gute Frau, Miss."

Anscheinend gab es vieles, was ich über Geister und die Art und Weise, wie sie ihr Leben nach dem Tod „lebten", nicht wusste. Und doch hatte ich offenbar etwas an mir, das diese merkwürdigen Wesen anzog, sodass sie mir folgen wollten, obwohl ich nicht die geringste Ahnung hatte, wie oder warum das passierte. Manchmal erschien es mir eher so, als ob meine Hexenkräfte mehr auf Zufall beruhten als auf meinen magischen Fähigkeiten und meinem Verstand.

Ich zeigte auf den Rasenmäher, den er versiert über das Grundstück gesteuert hatte. „Ich bin überrascht, dass du dich mit unserer neuen Technik auskennst."

„Ich habe hier im Gasthaus gelernt, mit allen möglichen Gefährten umzugehen, Miss Alf", erklärte mir Zephaniah, und sein Gesicht erhellte sich bei der Erinnerung. „Als ich hier anfing, das war im Jahr 1907, gab es nur Pferde, Karren und Kutschen. Aber später, als Mr. John schon älter war, beschlossen er und sein Sohn, der junge Mr. James, ein Automobil zu kaufen. Ich lernte, es zu bedienen, und brachte Mr. John mal hierhin und mal dorthin, etwa zu den Märkten nach Honiton, Abbotts Cromleigh oder Exeter."

„Wow, verstehe", erwiderte ich, fasziniert von der Vorstellung, dass er mit einem dieser ersten Autos hier durch die Gegend getuckert war.

„Es gibt keinen großen Unterschied zwischen den frühen Automobilen von damals und diesem Ding hier. Abgesehen davon, dass man einen Schlüssel statt einer Handkurbel braucht, um es zu starten. Die Bedienung ist ähnlich."

Dennoch imponierte es mir, und ich überlegte, dass seine flexible Einstellung und seine Anpassungsfähigkeit sich durchaus als nützlich erweisen könnten, wenn er tatsächlich bei mir im Gasthaus bleiben wollte. Und es hörte sich so an, als ob er das vorhatte. Mir war jede helfende Hand recht, auch jede Geisterhand.

Und das brachte mich auf eine Idee: Es gab Florence, die sich im Haus und vor allem in der Küche betätigte, und Zephaniah, der gerne draußen anpackte. Was aber wäre, wenn ich ein ganzes Team von Geistermitarbeitern zusammenstellen würde? Könnte ich das hinkriegen? Grübelnd musterte ich mein windschiefes Gasthaus. Dieser Ort war voll von Geistern, die hier herumhingen und sich irgendwie die Zeit vertrieben. Und sie hatten eine Menge Zeit. Sicherlich würden sie sich freuen, wenn sie mehr zu tun hätten, konkrete Aufgaben. Das würde ihnen das Gefühl geben, gebraucht zu werden. Ich erinnerte mich daran, wie ich in den Tagen vor und nach dem Kampf um den Shady Wood mein geisterhaftes Gefolge erstmals bewusst heraufbeschworen hatte. Sie alle hatten ganze Arbeit geleistet und für eine große Truppe von Hexen und Zauberern gekocht und geputzt – und das ziemlich gut.

Anstreichen, Einrichten, Sortieren, Gartenarbeit, Kochen und Putzen. Sie könnten zu perfekten Helfern für die Instandsetzung des Whittle Inn werden – meine persönliche Cleanup-Crew.

Als Zephaniah mich fragend ansah, merkte ich, dass

ich über meine eigenen Gedanken lächelte. „Wäre das alles, Miss Alf?"

„Oh, ja, sorry. Natürlich. Danke." Er wandte sich ab, um sich wieder dem Rasen zu widmen, als mir etwas anderes einfiel. „Zephaniah?"

„Ja, Miss Alf?"

Ich wusste nicht, wie ich es am besten sagen sollte, ohne ihm zu nahe zu treten. „Ähm, ich nehme nicht an, dass du … also …", stotterte ich. Zephaniah sah mich geduldig mit freundlicher Miene an. „Ich habe in der letzten Zeit nachts jemanden im Gasthaus weinen hören, und ich habe mich gefragt …" Erneut hielt ich inne und fügte dann hinzu: „Du sagtest, du wärst deprimiert gewesen."

Betreten senkte er den Blick. Anscheinend hatte ich einen wunden Punkt getroffen.

„Nein, Miss. Das war ich nicht."

„Weißt du, wer es war?", hakte ich nach, aber er reagierte zurückhaltend, und sein eben noch so heiterer Ausdruck wich einem Pokerface.

„Dazu kann ich wirklich nichts sagen", antwortete er und starrte dabei auf seine Schuhe.

Erstaunt musterte ich mein Gegenüber. Es war zu einfach, diese Wesen bloß als gute Geister zu betrachten, die auf ewig hier herumhingen und nirgendwo anders hinkonnten. In Wirklichkeit waren sie viel komplexere

Persönlichkeiten, die immer noch mit all den Tücken und Schwächen kämpften, die sie als Sterbliche gehabt hatten. Ich spürte, dass Zephaniah mehr wusste, als er zugeben wollte, und war neugierig, warum er nicht damit herausrückte, aber ich konnte ihn kaum dazu zwingen, mir von dem jammernden Geist in meinem Haus zu erzählen, wenn er nicht wollte.

„Okay, danke, Zephaniah. Bis später“, verabschiedete ich mich, und er fuhr damit fort, den Grünschnitt zusammenzurechen.

Der Kies knirschte unter meinen Schuhen, während ich über den Hof zum Haupteingang des Gasthauses schlenderte und überlegte, was ich sagen könnte, um Gwyn zu beruhigen. Dabei kam ich an Jeds Auto vorbei, das nach wie vor dort stand und das ich die letzten Wochen versucht hatte zu ignorieren. Doch als ich die Eingangsstufen hinaufstieg, warf ich einen Blick zurück. Mit einem Mal flammte eine heftige Wut in mir auf.

Ohne darüber nachzudenken, machte ich kehrt und rannte auf den alten Lieferwagen zu. Dabei wünschte ich mir von ganzem Herzen, dass ich einen Zauberspruch wüsste, der die blöde Karre – diese ständige Erinnerung an Jed und an das, was ich glaubte, in ihm gefunden zu haben – aus meinem Blickfeld verschwinden ließe. Aber ich kannte keinen solchen Zauber. Von einem plötzlichen Energieschub beflügelt, schrie ich mir stattdessen den Zorn aus dem Leib und trat mit voller Wucht gegen die Fahrertür. Dies hatte nicht nur eine ordentliche Delle im Blech zur Folge, zu allem Überfluss verletzte ich mir bei der Aktion auch noch die Zehen.

„Au-au-au!“, schrie ich, hüpfte auf und ab und schlug dann mit der Handfläche so fest ich konnte gegen die Seitenwand des Wagens. Daraufhin schoss mir ein stechender Schmerz bis in den Ellbogen. Mit Tränen in den Augen hielt ich inne und holte ein paar Mal tief Luft, um mich zu beruhigen. In meinem Rücken spürte ich Blicke und war mir sicher, dass mich meine geisterhaften Mitbewohner von den Fenstern des Gasthauses dabei beobachteten, wie ich mich zum Narren machte, darunter zweifellos auch Gwyn.

Ich drehte mich bewusst nicht zu ihnen um. Stattdessen zog ich am Griff der Fahrertür, die sich zu meiner Überraschung öffnen ließ.

Ich steckte den Kopf in den Van hinein. Ein Hauch von Jed lag hier noch schwach in der Luft. Ich kletterte in den Wagen, zog die Tür hinter mir zu und schnupperte. Es roch leicht muffig, eine Mischung aus abgenutzten Polstern, Feuchtigkeit, Terpentin und Farbe, vermischt mit Jeds männlichem Körpergeruch und seinem Lieblingsparfüm.

Für einen kurzen Moment spürte ich seine Nähe und wurde von einer schrecklichen Sehnsucht nach ihm gepackt. Doch dann fing ich mich wieder und betrachtete verwundert meine stark gerötete Handfläche. Der Schmerz ließ langsam nach, fühlte sich aber immer noch real an, anders als die Liebe, von der ich gedacht hatte, dass Jed und ich sie füreinander empfanden.

„Ich muss mich zusammenreißen“, sagte ich nachdrücklich. „Gwyn hat recht. Ich kann das besser.“

Entschlossen kurbelte ich die Fenster herunter, um Jeds Geruch zu vertreiben und frische Luft hereinzulassen. Dann durchstöberte ich den Inhalt des Handschuhfachs: Stifte, Kaugummis, Kleingeld, ein paar Schmerztabletten und Hustenbonbons, zahlreiche Quittungen, Rechnungen und ein einzelner Handschuh. In einer abgenutzten Ledermappe fand ich darüber hinaus den Fahrzeugschein des Lieferwagens, zusammen mit dem Scheckheft. Ich nahm die Mappe heraus, um sie durchzublättern, und ganz zuunterst darin versteckt entdeckte ich den Ersatzschlüssel.

Ich nahm den Schlüssel in die Hand und betrachtete ihn nachdenklich. Vor vielen Jahren, als ich noch in Lewisham lebte, hatte ich Fahrstunden genommen. Die theoretische Prüfung hatte ich sogar bestanden, allerdings war ich beim ersten Anlauf der praktischen Prüfung mit Pauken und Trompeten durchgefallen und hatte es danach nicht noch einmal versucht. Trotzdem wusste ich im Prinzip, wie man Auto fuhr. Ich könnte den Lieferwagen zumindest umparken, überlegte ich, und ihn an der Seite des Gasthauses abstellen, wo er nicht so auffiel, sodass ich ihn vor dem Haus nicht ständig direkt vor der Nase hätte.

Mit angehaltenem Atem steckte ich den Schlüssel ins Zündschloss und drehte ihn um. Der Wagen machte einen Ruck nach vorne, und beinahe wäre ich gegen das Lenkrad geknallt. Es war noch ein Gang eingelegt. Auf einmal fühlte ich mich wie ein kleines Kind, das auf Entdeckungstour geht, und rief mir in Erinnerung, was ich Jahre zuvor gelernt hatte. Ich schnallte mich an, drückte die Kupplung, nahm den Gang raus und drehte den Schlüssel wieder um. Der Motor brummte kurz, sprang jedoch nicht an.

Ich versuchte es immer wieder, bis der Motor nach vier oder fünf Versuchen endlich aufheulte und Rauch aus dem Auspuff quoll. Damit nichts schiefging, stellte ich mir den Sitz noch so ein, dass ich die Pedale leichter erreichen konnte. Dann trat ich die Kupplung beherzt durch, legte den ersten Gang ein und gab Gas, während ich die Kupplung kommen ließ.

Aber das Auto rührte sich nicht vom Fleck. Mir fiel ein, dass die Handbremse noch angezogen war. „Ach ja“, flüsterte ich mir zu, dann ging es los. Problemlos gelang es mir, in den zweiten Gang zu schalten, und schließlich parkte ich den Wagen an der Seite des Gasthauses.

Irgendwann würde ich ihn da wegschaffen müssen, aber fürs Erste ging es so. Endlich würde die olle Klapperkiste mich nicht mehr ständig an Jed erinnern. Eine Sorge weniger.

Mit dem Gefühl, etwas Besonderes geschafft zu haben, trabte ich beschwingt ins Haus. Ich hatte eigenhändig ein Problem gelöst, das mich schon eine ganze Weile beschäftigt hatte, und es war überraschend einfach gewesen. Mit etwas Glück würde sich die Lösung meiner restlichen Probleme ebenso als Kinderspiel erweisen.

Kapitel 4

„Du kannst Autofahren?“, fragte Gwyn überrascht, als ich sie wenig später im Büro antraf. Hatte ich also recht gehabt mit meiner Vermutung, dass sie hinter dem Fenster gestanden und mich beobachtet hatte.

„Nicht offiziell“, sagte ich, und schmunzelte in mich hinein, weil ich immer noch ziemlich zufrieden mit mir war.

„Nicht offiziell?“, fragte Gwyn stirnrunzelnd.

„Das heißt, ich weiß, wie es funktioniert, habe aber keinen Führerschein, weil ich meine Fahrprüfung nicht bestanden habe.“

„Was für eine Prüfung?“, erkundigte sich Gwyn konsterniert. „Zu meiner Zeit gab es so etwas nicht.

Wenn du fahren wolltest, hast du dich einfach hinters Steuer gesetzt und los ging's."

Bei der Vorstellung von Gwyn am Steuer musste ich unwillkürlich das Gesicht verziehen. Wenn sie so gefahren war, wie sie sprach, dachte und handelte – mit spitzer Zunge und ohne Rücksicht auf Verluste – waren die Straßen dieser Gegend garantiert kein sicheres Pflaster gewesen. „Heutzutage darf man das nicht mehr einfach so, Grandma. Es gibt alle möglichen Verkehrsregeln und -vorschriften, man muss erst einen Führerschein machen. Das ist wahrscheinlich auch gut so, wenn man bedenkt, wie viele Millionen Fahrzeuge auf den Straßen unterwegs sind."

„Millionen?", rief Gwyn verblüfft aus, und ich nickte.

„Deshalb ist Vorsicht das oberste Gebot, sonst passieren Unfälle."

„Das klingt vernünftig. Ich denke, du solltest diese Prüfung nachholen. Es wäre nützlich, wieder einen Fahrer hier zu haben."

„Zumindest haben wir jetzt Zephaniah", sagte ich spitz.

„Aha, du hast also mit ihm gesprochen."

„Ich hörte, du hast ihn beauftragt, für uns zu arbeiten, nicht wahr, Grandma?"

„Das habe ich", antwortete Gwyn selbstgefällig.

„Du weißt, dass es mein Job ist, Leute einzustellen." Ich bemühte mich, nicht vorwurfsvoll zu klingen, doch es ärgerte mich, dass Gwyn immer wieder ungefragt meine Aufgaben an sich riss.

„Aber du machst deinen Job doch nicht wirklich, meine Liebe."

Das stimmte leider und ärgerte mich noch mehr als alles andere. „Okay, mag sein, dass es in letzter Zeit nicht so gut lief, aber jetzt bin ich wieder voll und ganz dabei, versprochen. Und du hattest recht damit, dass wir mehr Personal brauchen. Außerdem finde ich die Idee großartig, die Geister des Whittle Inn um Unterstützung zu bitten. Ich glaube, das werde ich machen. Ich stelle ein Team zusammen, das mir bei den wichtigsten Arbeiten hilft, und dann wollen wir mal sehen, wie schnell das Gasthaus wieder eröffnet werden kann."

Gwyn hob theatralisch die Hände. „Es geschehen noch Zeichen und Wunder! Meine Urenkelin hat zugegeben, dass ich mit etwas recht hatte." Sie lächelte, doch dieses Mal lag keine Bosheit in ihrem Blick. „Das freut mich wirklich. Es ist schön zu sehen, dass du endlich wieder das Kommando übernimmst. Du brauchst niemand anderen. Du kannst es alleine schaffen."

Ich wusste, dass sie sich auf Jed bezog, aber ich ging darüber hinweg. „Egal, was ich mache, ich bin nicht allein, wenn ich Alfhild Gwynfyre Daemonne und meine Cleanup-Crew hinter mir habe“, antwortete ich gutgelaunt. „Wir werden ein gutes Team sein, Grandma.“

Gwyn sah erfreut aus. „Ich bin froh, dass du so denkst.“

In diesem Moment kam Florence an der offenen Tür vorbei und marschierte zielstrebig über den Flur zu einem der Gästezimmer, mit einem Staubwedel und einer Kehrschaufel bewaffnet. Wir blickten ihr hinterher.

„Sie ist super fleißig“, dachte ich laut.

„Das ist sie“, stimmte Gwyn zu. „Aber in der Küche kannst du dich nicht auf sie verlassen, Alfhild.“

„Warum nicht? Ich hatte den Eindruck, sie arbeitet dort am liebsten.“

„Natürlich tut sie das. Alle jungen Hausmädchen mochten die Küche damals. Dort war es stets angenehm warm, und es bot sich immer wieder die Gelegenheit, von den Kuchen und Süßspeisen zu probieren. Nein, was ich eigentlich sagen wollte, ist, dass Florence zwar durchaus in der Lage ist, ein paar einfache Gerichte und Snacks für dich zuzubereiten, aber sobald du zahlende Gäste hast, kannst du diese nicht mit Dosenbohnen aus dem Dorfladen oder dick belegten Specksandwiches zum Frühstück abspeisen, auch wenn du die selbst gerne magst.“

Bei dem Gedanken an ein Bacon-Sandwich lief mir augenblicklich das Wasser im Mund zusammen. Florence machte die wirklich hervorragend. Ich warf einen verstohlenen Blick auf die Uhr. Kein Wunder, dass mir der Magen knurrte, es war fast Mittag.

„Es täte mir echt leid, Florence aus der Küche werfen zu müssen", sagte ich verdrießlich.

„Ich bin sicher, dass sie ab und zu aushelfen kann", erwiderte Gwyn sachlich. „Aber ich bestehe darauf, dass du dir eine anständige Köchin oder einen Koch suchst, meine Liebe. Als ich noch die Geschicke des Gasthauses lenkte, hatte ich immer einen ausgezeichneten Koch, sogar während des letzten Krieges, als man mit wenig auskommen musste und jeder sich so gut es ging selbst versorgte. Das waren schlimme Zeiten. Trotzdem habe ich immer nur die Besten eingestellt. Es ist wichtig, dass deine Gäste zufrieden sind."

Widerwillig musste ich mir eingestehen, dass ihre Argumente durchaus Sinn ergaben. Ich wollte schließlich, dass sich das Whittle Inn in Zukunft auch für seine gute Küche einen Namen machte, zumal die Konkurrenz im Dorf, The Hay Loft, nur gewöhnliche Gerichte wie Fish and Chips, Steaks, Currys und Lasagne servierte. Nein. Es war wichtig, dass das Whittle Inn erschwingliche, aber außergewöhnliche Gerichte anbieten würde. Genau auf diese Art von Details musste ich meine Aufmerksamkeit richten.

„Warum lässt du mich nicht einen Koch für dich finden?“, fragte Gwyn. Sie versuchte schon wieder, die Kontrolle zu übernehmen.

„Ganz sicher nicht, Grandma. Ich habe jahrelang im Gastgewerbe gearbeitet. Ich weiß, wonach ich suchen muss, und habe gute Kontakte in London. Überlass das einfach mir.“

„Na, wenn du dir da so sicher bist“, meinte sie süffisant und mit einem beleidigten Unterton in der Stimme. Doch gerade, als ich den Mund öffnete, um mich zu entschuldigen und mich für ihr Angebot zu bedanken, war sie bereits ohne ein weiteres Wort entschwunden.

Ich starrte dorthin, wo sie eben noch gestanden hatte, und bekam ein schlechtes Gewissen. Vielleicht sollte ich ihren Rat nicht ständig gleich ablehnen. Immerhin hatte sie einige nützliche Ideen. Ich seufzte.

Außerdem hatte ich sie noch nach dem wimmernden Geist fragen wollen, doch das konnte ich jetzt vergessen. Nun gut. Dann eben beim nächsten Mal, wenn sie mich besuchte. Sie würde wiederkommen.

Ich öffnete meinen Laptop und loggte mich auf einem Jobportal ein, das ich schon oft benutzt hatte, wenn ich in den Pubs und Clubs, die ich in London geleitet hatte, Personal brauchte. Es konnte doch nicht so schwer sein, einen Koch zu finden, der das Landleben liebte, sich einen Tapetenwechsel wünschte und bereit war, in ein kleines Nest nach Devon umzuziehen. Oder etwa nicht?

GESUCHT: Erfahrene/r Koch/Köchin für Landgasthaus in Devon, Neueröffnung diesen Herbst!

Wir bieten dir eine fantastische Gelegenheit, unsere lokale Küche in Devon mit deinen köstlichen Kreationen zu bereichern. Wenn du ein Gespür für das Außergewöhnliche hast, könnte unsere freie Stelle im Whittle Inn die Krönung deiner Karriere sein.

Wir suchen eine/n tatkräftige/n, vorausdenkende/n Feinschmecker/in, der/die die Leitung der Gastronomie in unserem historischen Lokal übernimmt. Vorausgesetzt wird eine Vorliebe für alte Häuser und überraschende Gäste.

Bewirb dich mit Lebenslauf und Gehaltsangaben bei Alfhild Daemonne.

Kapitel 5

Das Schluchzen weckte mich gegen vier Uhr morgens zum vierten Mal. Beim ersten Mal hatte ich mich aus dem Bett gehievt und mich kurz umgesehen, doch als ich wie immer nicht herausfinden konnte, woher das Geheule kam, schlüpfte ich wieder ins Bett. Als ich danach noch zweimal unsanft geweckt wurde, drehte ich mich einfach um und schlief weiter.

So langsam machten mir die unruhigen Nächte zu schaffen, und es ärgerte mich mehr und mehr, immer wieder aus meinem wohlverdienten Schlaf gerissen zu werden. Deshalb sprang ich nun aus dem Bett, schnappte mir meinen Morgenmantel und stapfte wild entschlossen auf direktem Wege in Richtung Dachboden, denn dort, so wusste ich, hielten sich einige der Geister des Whittle Inn gerne auf.

Als ich bei ihnen hereinplatzte, waren sie in diverse Aktivitäten vertieft. Die kecke Amelia in ihrem Flapper-Look malte an einer Staffelei. Albert, ein Dandy aus dem achtzehnten Jahrhundert, Ned, ein viktorianischer Baumeister, und Luke Riley, ein Matrose aus den 1920er-Jahren, saßen um einen Tisch herum und spielten Karten, während Zephaniah eine Pfeife rauchte und ihnen zusah. Florence lag in ihren schwelenden Kleidern auf einer Matratze und las ein in Leder gebundenes Buch. Als ich durch die Tür stürzte, ließ sie es überrascht fallen. Meine Großmutter schien sich nicht hier oben aufzuhalten.

„Okay, Leute“, wandte ich mich laut an die illustre Runde. „So kann es nicht weitergehen. Vielleicht ist es euch entgangen, aber ich für meinen Teil brauche dringend meinen Schlaf. Nur leider werde ich ständig gestört! Ich brauche eure Hilfe.“

„Unsere Hilfe?“ Ned musterte mich mit großen Augen. „Natürlich helfen wir dir. So gut wir können.“ Er ließ den Blick von einem zum anderen schweifen. „Nicht wahr, Jungs und Mädels?“ Es müssen sieben oder acht von ihnen gewesen sein, und es ist mir peinlich zu sagen, dass ich keinen von ihnen besonders gut kannte. Ich hatte es versäumt, mir nach dem Kampf um den

Shady Wood die Zeit zu nehmen, um mehr über sie herauszufinden, aber ich kannte sie zumindest alle vom Sehen.

Die Geister nickten und murmelten zustimmend. Alle bis auf Zephaniah, der schuldbewusst zur Seite schaute. Ihm war klar, dass mir das nicht entgangen war.

„Womit können wir dir helfen, Miss?“, fragte Florence mit aufrichtigem Interesse.

„Ist das nicht eindeutig? Oder hat euch der Tod derart gefühlskalt gemacht, dass euch das Wohlergehen der anderen egal ist?“, erwiderte ich frustriert. „Dieser ... dieser ... Lärm! Dieses Geschrei!“ Dabei fuchtelte ich dramatisch in der Luft herum und deutete die Treppe hinunter. „Es macht mich wahnsinnig!“

„Welches Geschrei, Mylady?“, fragte ein älterer männlicher Geist in einer schlichten Mönchskutte.

„Hört ihr das denn nicht?“, fragte ich ungläubig.

Sie schüttelten allesamt den Kopf, zogen erstaunt die Augenbrauen hoch und gaben mir zu verstehen, dass sie keine Ahnung hatten, wovon ich sprach. Florence hob umständlich ihr Buch auf, das zu Boden gefallen war, und glättete die Seiten. Ich runzelte die Stirn und wurde den Eindruck nicht los, dass sie mir alle auswichen. Aber warum? Was zum Henker war hier los? Wie aufs Stichwort setzte das lautstarke Gejammer wieder an. Irgendwer heulte sich irgendwo in meinem Haus die

Seele aus dem Leib und schien zutiefst unglücklich zu sein. Er brauchte Hilfe.

„Hört ihr das etwa nicht?“, flüsterte ich. „Ihr hört nicht, dass da jemand vor sich hin schluchzt? Ob Mensch oder Geist, weiß ich nicht, aber ... dieser Jemand scheint sich in einer schlimmen Lage zu befinden. Habt ich das echt noch nicht mitgekriegt?“ Prüfend sah ich sie der Reihe nach an, und ein jeder starrte zu Boden. Ein paar von ihnen, darunter auch Zephaniah, traten unruhig von einem Fuß auf den anderen, aber niemand sagte etwas.

Ihre Reaktion ärgerte mich. Scharf sog ich die Luft ein, drehte mich auf dem Absatz um und ließ die Tür zum Dachboden hinter mir zuknallen. Das dumpfe Geräusch hallte durchs Haus und das Weinen verstummte jäh, als ob derjenige vor Schreck innegehalten hätte.

Wenn man vom Dachboden hinunterstieg, gelangte man in die zweite Etage, wo ich am Fuß der Treppe stehenblieb und lauschte. Ich konnte ausschließen, dass sich der unauffindbare Unglücksrabe dort oben befand, und im Erdgeschoss war er wahrscheinlich auch nicht, denn sein Weinen war nie zu hören gewesen, während ich mich in der Küche oder in der Bar aufgehalten hatte. Damit blieben nur noch der erste Stock, wo meine eigenen Räumlichkeiten und einige der Gästezimmer lagen, und der zweite Stock, der die meisten Gästezimmer beherbergte.

Fest entschlossen, die traurige Gestalt ein für alle Mal aufzuspüren, überlegte ich mir, zunächst die zweite Etage sorgfältig zu durchkämmen und mich nach unten vorzuarbeiten, notfalls auch wieder nach oben. Und sollte meine Suche erneut erfolglos verlaufen, würde ich den Geistern da oben in ihre luftigen Hintern treten.

Doch noch bevor ich das erste Gästezimmer erreicht hatte, tauchte plötzlich Zephaniah wie aus dem Nichts vor mir auf.

„Meine Güte, Zephaniah!“ Ich fasste mir an die Brust. „Du hast mich beinahe zu Tode erschreckt.“

Er legte den Finger an die Lippen und nickte in Richtung der nächsten Treppe. Zephaniah schwebte vor mir her und ich folgte ihm hinunter, an meinen Zimmern vorbei, bis zum anderen Ende des Flurs.

„Was ist hier los?“, zischte ich so leise, wie es mir möglich war. „Was soll das ganze Getue und die Geheimniskrämerei?“

„Miss, ich kenne dich noch nicht lange.“ Zephaniah sprach so leise, dass ich Mühe hatte, ihn zu verstehen. „Aber du scheinst ein guter Mensch zu sein. Ich bin sicher, dass du aus dem Gasthaus etwas Großartiges machen wirst. Und die anderen Geister respektieren dich auch...“

„Und warum …?“

„Es ist so, dass sie jemanden beschützen.“

„Jemanden beschützen? Wen denn? Einen anderen Geist?“

Zephaniah nickte und schaute sich nervös um. „Ich sollte das nicht tun, ich sollte dir das nicht erzählen.“

„Das verstehe ich nicht. Warum sollte ein Geist Schutz brauchen? Und vor wem?“

Eine Bodendiele knarrte über unseren Köpfen. Ich keuchte auf und schaute zur Decke, entsetzt über die Vorstellung, dass uns jemand belauscht haben könnte, wo Zephaniah doch offensichtlich genau darüber besorgt war.

„Da drin.“ Er deutete auf den Raum hinter mir. „Mehr kann ich nicht sagen.“ Mit diesen Worten verschwand Zephaniah in der Dunkelheit, bevor ich ihn noch etwas fragen konnte. Ich vergewisserte mich, dass niemand mich beobachtete, griff nach der Türklinke und trat ein.

In diesem Zimmer hatte ich mich bereits umgeschaut, darin befanden sich ein winziger Kleiderschrank, ein Waschtisch und eine Kommode. Vorhänge und andere Einrichtungsgegenstände fehlten, sodass es recht kühl wirkte. Die Tatsache, dass das Fenster ersetzt werden musste, da es zog und im Wind klapperte, machte es nicht besser.

Ich spähte in dem dunklen Raum umher. Es gab keine offensichtlichen Anzeichen für geisterhafte Aktivitäten, und seitdem ich die Speichertür zugeschlagen hatte, war das Weinen nicht wieder zu hören gewesen. Anscheinend hatte auch ich jemanden fast zu Tode erschreckt.

Ich schaltete das Licht an. Nichts Ungewöhnliches. Mir fiel auf, dass alles sehr sauber wirkte. Florence musste hier Staub gewischt und geputzt haben. Ich warf einen Blick unter das Bett – nichts. Dieses Zimmer würde lediglich einen neuen Anstrich und ein paar Teppiche brauchen, vielleicht noch eine Blumenvase und ein Bild an der Wand, dann könnten die Gäste kommen. Es lagen sogar zwei nagelneue, fluffige Kopfkissen auf dem Bett.

Es war mir ein Rätsel, warum Zephaniah wollte, dass ich mich hier umschaute, und ich schüttelte entnervt den Kopf, weil ich hier herumtigerte, anstatt zu schlafen, und meine Zeit verschwendet hatte. Ich schaltete das Licht wieder aus, ging auf den Flur und zog die Tür hinter mir zu. Doch dann stutzte ich. Die Kissen lagen doch normalerweise im Kleiderschrank, oder? Ob Florence sie rausgenommen und auf das Bett gelegt hatte? Aber dazu gab es doch gar keinen Grund? Es sei denn, jemand befand sich im Schrank …

Ich wirbelte herum und stürmte zurück ins Zimmer, riss die Schranktür auf und sah mich zum ersten Mal Luppitt Smeatharpe gegenüber.

Kapitel 6

Der Geist starrte mich schockiert und verängstigt an. Er war von zierlicher Statur, und trotz seiner riesigen Elizabethanischen Halskrause passte er problemlos in den schmalen Schrank. Mit seinem hageren Gesicht, dem kantigen Kinn, dem spitzen Bart und dem langen, dunklen Haar, das streng nach hinten gekämmt war, erinnerte er mich an Bilder, die ich von Shakespeare gesehen hatte. Er trug eine weit ausgeschnittene, verblasste Samttunika, die früher tiefblau gewesen sein musste, und darunter konnte ich ein ebenso verblasstes, aber einst wunderschönes, blutrotes Seidenhemd erkennen. Eine eng anliegende Hose und schwarze, spitze Stiefel mit Holzsohle, die mir extrem gut gefielen, vervollständigten sein Outfit.

Ich betrachtete seine rot geränderten Augen und seine noch tränennassen Wangen. Er kauerte sich in die hinterste Ecke des Schranks und versuchte, so weit wie möglich von mir wegzukommen.

„Bitte tu mir nicht weh“, waren die ersten Worte, die er sprach und die mir das Herz brachen. Sein leichter Akzent verriet mir, dass er wahrscheinlich einen vornehmen Hintergrund hatte.

„Das werde ich nicht, versprochen“, antwortete ich sanft. „Aber da drin ist es doch furchtbar unbequem für dich. Bitte komm raus“, sprach ich beruhigend auf ihn ein.

„Das geht schon in Ordnung, Mylady.“ Er blickte sich hektisch um, als ob er irgendwo in der Nähe eine Gefahr vermutete.

„Ich kann nicht richtig mit dir reden, wenn du da drin sitzt“, versuchte ich es erneut. „Komm doch raus und setz dich aufs Bett, und ich verspreche dir, wenn wir uns ein bisschen unterhalten haben, kannst du dich wieder im Schrank verkriechen, wenn du das wirklich willst.“ Ich trat ein paar Schritte zurück, um ihm Platz zu machen.

Erneut schaute er sich gehetzt um, bevor er aus dem Kleiderschrank kletterte. Ich trat noch ein Stück weiter zurück, während er auf das Bett zuging, und erhob die Hände, damit er sehen konnte, dass er nichts von mir zu befürchten hatte. Sein skeptischer Blick fiel auf das vorhanglose Fenster, das ihm offenbar nicht gefiel.

„Ich glaube nicht, dass uns jemand von draußen beobachten wird", versuchte ich ihn zu beruhigen, aber wie konnte ich mir da sicher sein?

Er nickte, sah aber nicht überzeugt aus.

„Ich bin Alf", sagte ich. „Alfhild Daemonne. Mir gehört das Gasthaus."

„Ja, ich weiß. Florence hat mir von dir erzählt." Ich spitzte die Lippen. Die anderen wussten also von diesem seltsamen kleinen Kerl und hatten ihn gedeckt. Vielleicht war er eine Art Krimineller?

„Du siehst deinem Vater sehr ähnlich", merkte er an. „Nur mit mehr ... Haar." Er warf mir einen Blick zu und deutete auf meine Mähne, die mir wild vom Kopf abstand.

„Du kennst meinen Vater?"

„Oh, er war es, der mir vorgeschlagen hat, dass ich hierherkomme. Er meinte, ich wäre hier sicher."

Verwirrt schüttelte ich den Kopf. „Bitte fang von vorne an. Erzähl mir alles über dich."

„Das ist eine lange Geschichte."

„Wir haben die ganze Nacht Zeit." Das stimmte nicht wirklich. Es war bereits halb fünf in der Frühe. „Ich bin ganz Ohr", sagte ich aufmunternd und fand mich damit ab, nicht so bald zurück ins Bett zu kommen.

„Mylady“, sagte er und schniefte. „Mein Name ist Luppitt Arthur Smeatharpe, und ich komme ursprünglich aus einem kleinen Dorf namens Hemyock, das etwa in der Mitte von Devon liegt. Ich wurde als dritter Sohn eines Oberschullehrers geboren. Wir besaßen nicht viel, und ich hatte nichts vorzuweisen. Mein Vater sorgte jedoch dafür, dass ich lesen und schreiben lernte und auch die wichtigsten Kenntnisse im Rechnen beherrschte. Da ich nach seinem Tod nichts erben würde, schickte er mich, als ich vierzehn Jahre alt war, bei einem Gutsherrn in die Lehre, in Norton Fitzwarren, einem kleinen Ort in Somerset. Ich wurde ein einfacher Angestellter im Haushalt von Baron Richard von Sachsen-Krumpke.“

Ich nickte, und er fuhr mit verschwörerischer Miene fort: „Er war außerordentlich wohlhabend und notorisch gemein. Alles in allem gibt es nicht viel Gutes über Baron von Sachsen-Krumpke zu berichten, außer dass er in den ersten Jahren oft zu unserer erlauchten Königin an den Hof gerufen wurde und mich dann mitnahm.“

Ich zog überrascht die Augenbrauen hoch. „Warte. An den Hof der Königin?“

„Ja, Mylady, Königin Elizabeth.“ Luppitt musterte mich misstrauisch, als könne kein Zweifel daran bestehen, welche Königin er meinte. Angesichts der Halskrause hätte ich mir das wohl tatsächlich denken können.

„Natürlich. Ich wollte nur sichergehen.“

Luppitt rieb sich die Augen. „Ich glaube, Ihre Majestät war eine Zeit lang ziemlich angetan von dem Baron. Sie fand ihn interessant oder auch amüsant, denn sie hat ihn immer wieder eingeladen. Aber ich weiß beim besten Willen nicht, warum.“

„Wieso, was war denn mit ihm?“, erkundigte ich mich.

„Der Mann war ein Dummkopf und ungebildet noch dazu. Außerdem sprach er schlechtes Englisch. Er hatte einen rauen germanischen Akzent, der in den Ohren wehtat.“

Ich verkniff mir ein Lächeln. „Ich verstehe.“

„Also, wenn du mich weiterhin so unhöflich unterbrichst, wird meine ganze, traurige Geschichte noch länger dauern.“

„Sorry“, sagte ich rasch und senkte den Kopf. „Ich wollte nicht unhöflich sein. Es interessiert mich wirklich, deine Geschichte zu hören und zu erfahren, was du durchgemacht hast und was dich hierherführt. Bitte erzähl doch weiter." Ich ließ mich neben ihm auf dem Bett nieder, faltete die Hände im Schoß und fühlte mich wie Alice im Wunderland, als sie die Herzkönigin trifft.

„Irgendwann hatte Ihre Majestät …", er brach ab, runzelte die Stirn und rieb sich die Schläfen. „Oh, verflixt, diese Kopfschmerzen. Was wollte ich sagen?"

„Ihre Majestät?", hakte ich vorsichtig nach.

„Ja, die Königin. Sie hatte genug von ihm, ich meine, vom Baron, und verbannte ihn in den Tower. Ich weiß nicht mehr, was danach mit ihm geschah, aber ich kann mir vorstellen, dass es sehr unangenehm war." Es entstand eine Pause, und ich wartete gespannt darauf, wie es weiterging. Er schwieg jedoch und starrte aus dem Fenster in die Dunkelheit.

„Das war's?", fragte ich nach einer Weile.

„Ja, Mylady", antwortete Luppitt kleinlaut und blickte sehnsüchtig auf den Kleiderschrank.

„Du sagtest eben, es sei eine lange Geschichte."

„Das war die Kurzversion."

Ich seufzte und ließ mich rücklings auf das Bett fallen. „Es tut mir leid, dass ich dich unterbrochen habe. Ich würde gerne die lange Version hören und verspreche, dass ich dir nicht noch einmal ins Wort fallen werde."

„Oh. Das ist es nicht, Mylady. Es ist …"

„Was ist es?“, fragte ich, als er wieder in nervöses Schweigen verfiel.

„Ich kann mich nicht mehr an alles erinnern.“

„Dann sag mir, woran du dich erinnerst.“

„Ich erinnere mich, dass ich am königlichen Hof war. Dass ich die Königin gesehen habe. Ich erinnere mich an Pracht und Prunk, an eine festliche Zeremonie, an Trompeten und Wappen und leuchtende Farben – an all das Gold und Purpurrot. Ich weiß noch, dass da Tänzer und Narren, Musiker und Sänger waren und ...“

Ich wartete ab, bis er nach einigen Momenten endlich fortfuhr.

„Ich erinnere mich, wie ich vor Ihrer Majestät stand – *oh, welche Ehre!* – und ihr Verse vorsang, die ich zu Ehren Ihrer königlichen Hoheit geschrieben hatte.“

„Das hört sich fantastisch an“, sagte ich und war schwer beeindruckt, dass Luppitt eine der größten Monarchinnen in der Geschichte Englands und Europas persönlich kennengelernt und an ihrem Hof gedient hatte. Es war unglaublich, mit einem Augenzeugen dieser Zeit sprechen zu können, und ich wollte unbedingt mehr wissen.

„Aber dann ging alles schief, Mylady“, flüsterte Luppitt und faltete die Hände im Schoß.

„Inwiefern?“

Er schüttelte den Kopf: „Das weiß ich nicht mehr genau."

Verblüfft beugte ich mich vor, um ihn richtig ansehen zu können. Soweit ich das beurteilen konnte, sagte er die Wahrheit. Er konnte sich wirklich nicht daran erinnern, was danach passiert war. „Wie bist du dann hier im Gasthaus gelandet, und warum versteckst du dich in diesem Schrank?", fragte ich. „Warum dachte mein Vater, du wärst hier sicher und nicht irgendwo anders?"

Luppitt starrte mich an, Tränen standen in seinen unruhigen Augen. „Er sagte, du würdest mich beschützen. Du und die Geister, die hier wohnen."

„Und du brauchst Schutz, weil ...?"

„Jemand versucht, mich zu töten."

Ich setzte mich kerzengerade auf. Wie konnte das sein?

„Jemand will dich ermorden?" Warum bloß schien es so vielen Geistern nicht bewusst zu sein, in welchem Daseinszustand sie sich befanden? „Ich sage es dir nur ungern, Luppitt, aber du bist bereits tot."

Er lehnte sich zurück, blickte mir direkt ins Gesicht und schüttelte stirnrunzelnd den Kopf, sichtlich alarmiert darüber, dass ich glaubte, er wisse nicht um diese bedauerliche Tatsache. „Oh, ich weiß, dass ich tot bin, Mylady. Dessen bin ich mir sehr wohl bewusst."

Er stand auf, warf erneut einen Blick aus dem Fenster und ging langsam zum Schrank zurück, um sich wieder zu verstecken. „Aber das ist für sie kein Hinderungsgrund. Sie haben mich schon viele Male umgebracht. Immer und immer wieder. Und sie werden nicht damit aufhören."

„Dich umzubringen?" Er zog die Tür hinter sich zu.

„Aber wer sind die?", rief ich ihm verwirrt hinterher und starrte auf den Schrank.

Und wie um alles in der Welt tötet man einen Geist?

Kapitel 7

Meine Stellenanzeige für einen Koch oder eine Köchin hatte offensichtlich vor allem Leute angesprochen, die vom Leben im versmogten London die Nase voll hatten. Ich hatte Dutzende von Bewerbungen erhalten, und die Annonce lief noch sechs Tage. Was zum Kuckuck hatte ich mir bloß dabei gedacht? Ich starrte auf den Bildschirm meines Computers und sichtete die Zuschriften. Einen Großteil konnte ich ohne lange Überlegungen aussortieren. Ein paar schienen jedoch Potenzial zu haben, und ich verschob diese möglichen Kandidaten in einen gesonderten Ordner.

Ich brauchte keine Spezialisten. So gern ich auch einen Bäckermeister im Gasthaus gehabt hätte – die Vorstellung von frischem Brot und Kuchen aus unserem eigenen Ofen war wirklich verführerisch. Doch was ich wirklich brauchte, war ein guter Allrounder. Deshalb erteilte ich mehreren Metzgern, Dessertköchen und jemandem, der sein ganzes Berufsleben lang ausschließlich mit Fisch gearbeitet hatte, eine Absage. Auch eine Köchin mit über vierzig Jahren Berufserfahrung, die sich schon auf ihren Ruhestand in Devon freute, und ein Küchenchef, der sein Pensum reduzieren wollte und drei Tage Urlaub pro Woche forderte, kamen nicht infrage. Sie waren nicht das, was ich mir für das Gasthaus vorgestellt hatte.

Ich wollte jemanden, der jung und dynamisch war und viele interessante Ideen mitbrachte. Jemanden, der farbenfrohe Teller mit köstlichen Gerichten kreierte. Jemanden, der mit exotischen Früchten und Gemüsesorten experimentierte und der Küche des Whittle Inn einen Namen machen würde. Leidenschaft und Tatkraft sollte diese Person mitbringen.

Fieberhaft überlegte ich, wie man das Whittle Inn für junge Leute, die ein ländliches Refugium suchten, weit weg von der Hektik der Großstadt, attraktiver gestalten könnte. Zum Beispiel könnte ich Wanderwege durch den Shady Wood anlegen oder ihnen die schönsten Strecken entlang der spektakulären Jurassic Coast mit ihren herrlichen Stränden zeigen oder historische Sehenswürdigkeiten. Einkaufsmeilen und Nachtclubs brauchten sie nicht, die konnten sie woanders haben. Nein, das Whittle Inn würde eine Oase der Ruhe sein und für beschauliches Landleben stehen.

Fast den ganzen Vormittag verbrachte ich am Computer, gab mich meinen Plänen und Zukunftsträumen hin und sah mir zwischendurch weitere gähnend langweilige Bewerbungen an, bis mich Rufe und Gelächter aufhorchen ließen.

Ich rappelte mich auf und ging ein wenig steif vom langen Sitzen zum Fenster hinüber. Draußen auf dem Rasen, den Zephaniah am Vortag so sorgfältig gemäht hatte, fand gerade eine Art Versammlung statt. Sowohl meinen Vater als auch Zephaniah und die meisten der Geister, die auf dem Dachboden lebten, entdeckte ich da draußen, mit Ausnahme von Florence und Grandma. Sie schienen Zweierteams gebildet zu haben und hielten hölzerne Schläger in der Hand.

Sie riefen und lärmten alle durcheinander, während sie kleine, halbkreisförmige Tore aus Metall in den Boden rammten. Dann versuchten sie abwechselnd, mit den Schlägern kleine Holzkugeln durch die Tore zu schlagen – Geister-Krocket, wie ich amüsiert feststellte, wenngleich es bei ihnen weniger vornehm zuging als üblich.

Ich vermutete, dass es bei ihrer angeregten Diskussion um die Positionierung der Tore gegangen war. Diese hatten sie nämlich viel weiter über den Rasen verteilt, als ich es von diesem Spiel kannte, sodass sie den Ball besonders hart schlagen mussten, um ihn durch die Drahtbügel zu bekommen. Wenn dann einer der Bälle im Gebüsch am Rande des Geländes verschwand, herrschte große Aufregung, und ich hatte den Eindruck, sie verbrachten genauso viel Zeit mit Suchen wie mit dem eigentlichen Spiel.

Ich beobachtete meinen Vater, der laut lachte und sich prächtig zu amüsieren schien, und spürte den vertrauten Schmerz darüber, dass er gestorben war und ich nie wieder Zeit mit ihm in seiner physischen Form verbringen würde, und doch war er jetzt wenigstens wieder Teil meines Lebens. Zwar kam und ging er, weil er mit dem Zirkel der Querkus beschäftigt war und sich um deren Angelegenheiten im Kampf gegen die Mori kümmerte, aber trotzdem hatte ich ihn in den letzten Monaten öfters um mich gehabt als in den achtzehn Jahren zuvor, also konnte ich mich glücklich schätzen.

Der Verlockung des verrückten Krocketspiels konnte ich nicht widerstehen, also stieg ich die Treppe hinunter und gesellte mich zu der Geisterschar auf dem Rasen. Mein Vater drückte mich zur Begrüßung an sich, aber natürlich war es nur eine Luftumarmung, denn ich konnte ihn nicht körperlich spüren.

„Seit wann bist du wieder hier?“, fragte ich.

„Seit ein paar Stunden. Ich habe auf dem Dachboden bei meinen alten Freunden vorbeigeschaut, und dann hat Zephaniah da irgendwo dieses alte Krocketspiel ausgegraben. Ich glaube, es gehörte Grandma.“

„Wirklich?“ Ich konnte mir nicht vorstellen, dass Gwyn jemals an irgendeiner Art von Spiel teilgenommen hatte, vor allem nicht an Krocket.

„Ja, ich glaube, sie war zu ihrer Zeit sogar ziemlich gut darin. Als sie frisch verheiratet war, hat sie hier Gartenpartys mit Krocketturnieren veranstaltet.“

„Wie cool!“ Aber mit so etwas würde ich meine zukünftigen Gäste wohl leider kaum hinter ihren Displays hervorlocken können. Die jungen Leute von heute, die Millenials, die in meinem Alter oder vielleicht ein paar Jahre älter waren, hatten stattdessen wahrscheinlich Apps, mit denen sie virtuelles Krocket mit einem imaginären Freund spielen konnten.

„Willst du mitmachen?“, fragte mein Vater. „Es gibt nur eine Regel: Du darfst keine Magie benutzen, um die Bälle durch die Tore zu bekommen.“

Ich wollte gerade ja sagen, als ich eine Bewegung an einem der oberen Fenster wahrnahm und das traurige, bleiche Gesicht von Luppitt Smeatharpe entdeckte, der von seinem Zimmer aus auf uns herabschaute. Als er bemerkte, dass ich ihn gesehen hatte, verschwand er sofort wieder aus meinem Blickfeld.

„Dad“, fragte ich stattdessen, „was weißt du über Luppitt Smeatharpe?“

„Nicht viel.“ Mein Vater folgte meinem Blick. „Jemand hat mir von ihm erzählt, und ich habe ihn wenig später zusammengekauert irgendwo an einer Straßenkreuzung vorgefunden. Er war völlig orientierungslos und wusste nicht, wo er hingehört. Und offenbar weiß er auch nicht, was mit ihm passiert ist und warum. Er scheint sein Gedächtnis verloren zu haben.“

„Ja. Das habe ich auch schon festgestellt. Er behauptet, du hättest gesagt, ich würde ihn beschützen.“

Mein Vater nickte mir verschwörerisch zu und sah mich verschmitzt an. „Wenn nicht du, wer dann, meine liebste Alf? Du bist doch die Hexe mit den beeindruckenden Fähigkeiten als Geisterflüsterin.“

„Ha!“, rief ich aus. *Geisterflüsterin? Was wollte er mir damit sagen?*

„Ich glaube, du kannst herausfinden, was ihn bedrückt. Und vor wem er Angst hat. Vielleicht schaffst du es sogar, die Dinge irgendwie wieder geradezubiegen, damit er dorthin zurückkehren kann, wo er hingehört.“

„Das ist keine einfache Aufgabe“, sagte ich. Ich wüsste nicht, wo ich anfangen sollte.

„Wenn es jemand schafft, dann du.“ Einer der Geister rief nach meinem Vater, und er winkte mir im Weggehen mit seinem Schläger zu. Während er sich wieder zu den anderen gesellte, wanderte mein Bick erneut zu Luppitts Fenster. Ich glaubte, ihn schemenhaft dahinter zu sehen, mit trauriger, angstverzerrter Miene. Vielleicht wünschte er sich, er könnte mitspielen.

Als ein Schrei hinter mir ertönte, ließ ich rein intuitiv meine Hand vorschnellen und fing eine Holzkugel auf, die in Richtung eines der Fenster der Bar flog.

„Potzblitz!“, rief Zephaniah aus und joggte auf mich zu, um den Ball zu holen.

„Ich glaube, ihr habt die Spielregeln etwas durcheinandergebracht“, sagte ich milde und reichte ihm die Kugel.

„Das ist eine neue Art von Krocket.“ Er zwinkerte mir zu, und ich musste lachen.

„Zephaniah?“, sprach ich ihn an, bevor er sich wieder dem Spiel zuwandte. „Meinst du, du könntest eine Gardinenstange für mich anbringen?“ Mit Blick auf seinen fehlenden Arm fügte ich hinzu: „Oder könntest du jemanden bitten, dir dabei zu helfen?“

„Natürlich, Miss. Wo soll die denn hin?“

Ich deutete auf das Schlafzimmerfenster über uns. „Da oben.“

„Ich kümmere mich sofort darum.“

„Beende zuerst dein Spiel“, sagte ich und machte mich auf den Weg nach drinnen, um mich noch einmal mit Luppitt zu unterhalten.

Es gelang mir, Luppitt aus seinem Kleiderschrank und aus dem Zimmer zu locken, in dem er sich verkrochen hatte. Dieser Raum, so kam es mir langsam vor, war im Grunde genommen eher ein Gefängnis für ihn als ein Ort der Zuflucht. Ich führte ihn in mein kleines Wohnzimmer, in dem Florence freundlicherweise ein Feuer gemacht hatte, damit es einladender wirkte. Irgendwann sollte hier eine gemütliche Sofaecke entstehen, doch für den Moment mussten wir mit zwei alten, abgenutzten Stühlen vorliebnehmen. Wir setzten uns gegenüber, und Luppitt sah mich erwartungsvoll an.

„Ich lasse gerade Vorhänge in deinem Zimmer anbringen, damit du etwas mehr Privatsphäre hast“, begann ich. „Ich hoffe, du fühlst dich dann ein bisschen mehr wie zu Hause.“

„Danke, Mylady.“

Ich blies die Wangen auf und überlegte, wo ich anfangen sollte. „Ich würde gerne mehr über dich erfahren, Luppitt, aber da du dich an kaum etwas erinnern kannst, ist das nicht so einfach. Für mich ist das alles sehr nebulös, und ich weiß nicht, ob es vielleicht irgendwelche Aufzeichnungen von früher gibt, die uns helfen könnten.“ Ich nahm ein Notizbuch und einen Stift zur Hand. „Wenn du einverstanden bist, würde ich mir gerne ein paar Notizen machen, um später ein wenig zu recherchieren. Mal sehen, ob ich etwas herausfinden kann."

Luppitt sah besorgt aus. „Aber, Mylady, ich weiß nicht, was ich dir noch sagen soll, ich habe doch bereits alles erzählt, woran ich mich erinnere." Er rieb sich die Stirn, genau wie er es auch schon bei unserem ersten Gespräch getan hatte.

„Als wir heute Morgen miteinander gesprochen haben, meintest du, du hättest Kopfschmerzen", griff ich den Faden auf, und er nickte.

„Die plagen mich häufig."

„Weißt du, ich finde das ungewöhnlich, Luppitt. Die meisten Geister, die ich kenne, empfinden keinen Schmerz. Das ist doch einer der Vorteile, wenn man tot ist, oder?"

„Ist das so?", gab Luppitt ausdruckslos zurück.

„Hm. Das dachte ich zumindest." Ich vermerkte mir das in meinem Buch. Dann kaute ich auf dem Ende meines Stifts herum, während ich überlegte, was ich ihn als Nächstes fragen sollte. Durch das geöffnete Fenster drang das Gejohle der Krocketspieler zu uns herein.

„Mein Vater erwähnte, dass ihm jemand erzählt habe, dich an einer Straßenkreuzung gesehen zu haben, und dort hat er dich dann kurze Zeit später aufgegabelt. Kannst du dich daran erinnern?"

„Ja, das weiß ich noch."

„Wo war diese Kreuzung?"

„Bei Gallows Cross, meine ich."

„Gallows Cross?", wiederholte ich ungläubig. Dieser Ort, dessen Name so viel wie *Galgenkreuzung* bedeutete, lag nicht weit von hier entfernt.

„Ja, ich glaube, so hieß das."

„So nah? Das ist doch nur ein paar Kilometer die Straße runter", sagte ich überrascht. „Wo wolltest du denn hin?"

„Ich kann mich nicht erinnern, Mylady. Ich bin mir nicht sicher, ob ich irgendwohin unterwegs war. Ich glaube, ich wurde schon vor vielen Jahren dorthin gebracht."

„Dorthin gebracht?" Das könnte ein erster Anhaltspunkt sein. „Von wem?"

Luppitt zuckte wieder mit den Schultern.

„Und warum?", drängte ich.

„Um gehängt zu werden, Mylady?"

„Gehängt?" Ich war entsetzt. Zwar kannte ich bislang nur Bruchstücke seiner Geschichte, doch die allein waren grauenvoll genug. „Oh, Luppitt, das ist ja schrecklich. Was um Himmels Willen hast du getan, dass eine solche Strafe über dich verhängt wurde?"

Luppitt schüttelte betrübt den Kopf.

„Ich weiß es nicht, Mylady."

„Und wann war das in etwa? Ende des sechzehnten Jahrhunderts?“

„Nein, nein, deutlich später, Mitte des achtzehnten Jahrhunderts vielleicht.“

Ich sah von meinen Notizen auf und betrachtete Luppitt verwirrt.

„Wie schon gesagt, Mylady, ich bin schon oft getötet worden. Dies ist nur ein Beispiel dafür, tatsächlich auch das letzte. Seitdem irrte ich in der Gegend herum und blieb immer wieder an dieser Straßenkreuzung hängen. Nie fand ich den richtigen Weg, wusste nicht, in welche Himmelsrichtung ich laufen sollte. Es war ein trauriger Zustand. Ich war dazu verdammt, eine Ewigkeit lang am selben Ort umherzuwandern und nirgendwo anzukommen. Zumindest, bis dein Vater mich dort fand.“

„Ich bin froh, dass er dich gefunden hat.“

Meine Gedanken rasten. Luppitt behauptete felsenfest, dass er mehrfach getötet worden sei, aber ich hatte noch nie von so etwas gehört.

„Wie bist du beim ersten Mal gestorben?“, fragte ich. „Und wo?“ Luppitt schüttelte den Kopf. Er konnte sich nicht erinnern.

„Weißt du, wie viele Male insgesamt seit dem ersten Mal?“

Er zuckte mit den Schultern und strich sich über den

Bart. „Nein, das weiß ich nicht genau, aber es war oft. Sehr oft."

„Und wie? Immer durch Erhängen?"

Ein lauter Knall ließ uns beide zusammenzucken. Etwas war gegen die Außenwand des Hauses gekracht. Luppitt blickte sich ängstlich um. Ich stand auf, lächelte beruhigend und ging zielstrebig zum Fenster. Als mein Vater bemerkte, dass ich zu ihm hinunterblickte, winkte er mir spitzbübisch grinsend zu, eine Holzkugel in der Hand. Ich warf ihm einen mahnenden Blick zu, bevor ich mich wieder neben Luppitt setzte.

„Keine Sorge", beruhigte ich ihn, „es sind nur die anderen draußen. Anscheinend versuchen sie, mein Gasthaus mit Holzkugeln zu zerstören. Was hast du gesagt?"

„Ich erinnere mich nur verschwommen an die genauen Umstände. Aber ich weiß noch, dass ich ertränkt wurde ... sie haben ein Schwert benutzt, eine Pistole und eine Keule ... und ich wurde erhängt. Letzteres fürchte ich am meisten, den Tod durch die Schlinge." Luppitt fasste sich mit beiden Händen an die Kehle. „Wenn man fällt und einem langsam die Luft abgequetscht wird." Er schloss die Augen und ließ die Hände sinken. Tränen quollen unter seinen Wimpern hervor.

Wie gerne hätte ich ihm tröstend den Arm um die Schulter gelegt, doch natürlich war da kein Körper, den ich hätte berühren können. „Aber wie können sie dich immer wieder umbringen?", fragte ich. „Das will mir nicht in den Kopf. Ich wusste nicht, dass das möglich ist."

„Keine Ahnung", seufzte Luppitt.

„Ich frage mich, ob das der Schlüssel zu dieser ganzen Sache ist", sagte ich. „Wenn ich herausfinde, wie und warum du immer wieder getötet wirst, können wir dem vielleicht ein für alle Mal ein Ende setzen."

Kapitel 8

So kam es, dass ich am nächsten Tag Mr. Kephisto aufsuchte, der einen Buchladen namens The Storykeeper in Abbotts Cromleigh führte. Nachdem ich die Eingangsstufen erklommen und die Tür geöffnet hatte, wurde meine Ankunft nicht nur durch die altmodische Ladenglocke, sondern auch durch die Krähe des alten Zauberers angekündigt.

„Kephisto!“, rief sie eindringlich, „Kephisto!“

Die Ladentür fiel hinter mir zu, und als ich ein unverwechselbares Klacken vernahm, wusste ich, dass sie sich hinter mir von selbst abgeschlossen hatte.

„Hier oben“, rief eine vertraute Stimme, und ich stieg die morsche Treppe zum Zwischengeschoss hinauf, wo er es sich in einem der üppig gepolsterten Sessel bequem gemacht hatte. Auf dem Tisch stand neben einem Globus ein hübsch angerichtetes Tablett mit Tee und Keksen bereit. Mr. Kephistos guter Freund und mein Mentor, der Zauberer Shadowmender, hatte auch immer gewusst, wenn ich ihn unangemeldet besuchte, und sicher wäre es auch in diesem Fall nicht nötig gewesen, mich anzumelden, jedoch hatte ich der Höflichkeit halber vorher angerufen und gefragt, ob es in Ordnung wäre, vorbeizukommen.

„Wie geht es dir, Alf?" Er stand auf und küsste mich auf die Wange. „Du siehst ein bisschen blass aus."

„Mir geht es gut", log ich, und er musterte mich skeptisch über seine kleinen, runden Brillengläser hinweg, wobei er eine Augenbraue hochzog. „Okay, in letzter Zeit nicht wirklich gut, aber so langsam besser."

„Du schaffst das schon", erwiderte Mr. Kephisto im Brustton der Überzeugung.

„Am Anfang, nach der Sache mit Jed und den Mori und allem anderen, da fühlte ich mich stark. Ich glaubte, mir selbst bewiesen zu haben, wozu ich in der Lage bin, und habe mir eingeredet, dass es mir gut gehen würde. Aber nach einer Weile hat es mich dann doch ziemlich fertiggemacht, und jetzt kann ich dieses Gefühl der Niedergeschlagenheit ... nicht mehr abschütteln."

Und der Einsamkeit, wollte ich hinzufügen, tat es jedoch nicht.

„Manchmal, wenn wir neue, aufregende Situationen

erleben, versetzt uns das in ein Gefühlshoch, das jedoch nur für eine begrenzte Zeit anhält, denke ich. Aber immerhin hast du ein Problem erfolgreich gelöst, hast dein Gasthaus beschützt und die Bösewichte bekämpft. Und erst als du Zeit hattest, über all das nachzudenken, was passiert ist und was es bedeutet, ist dir das ganze Ausmaß bewusst geworden. Wenn man anfängt, zu viel über solche Dinge nachzugrübeln, kann einen das ganz schön aus der Balance bringen."

Ich lächelte. „Ja, das stimmt wohl."

„Shadowmender hat großes Vertrauen in dich, Alf. Er glaubt, dass du eine gute Hexe bist, die das Potenzial hat, eine großartige Hexe zu werden. Du wirst seinem Hexenzirkel und deinen Eltern irgendwann alle Ehre machen."

Irgendwann. Das hieß auch, dass ich noch viel zu lernen hatte.

„Das freut mich zu hören. Ich werde mich mehr anstrengen."

Mr. Kephisto zuckte gelassen mit den Schultern. „Alles zu seiner Zeit." Er rutschte auf die Kante seines Sessels, goss den Tee in die hübschen Porzellantassen und reichte mir eine. Ich beäugte deren Inhalt etwas misstrauisch, denn bei meinem letzten Besuch hier hatte er mir etwas in mein Getränk gemischt, damit ich rasch einschlief.

Mr. Kephisto lachte laut auf, als er meinen Blick bemerkte. „Das wirst du mir für den Rest meiner Tage nicht vergessen, nicht wahr? Keine Sorge, Alf, heute ist nichts Ungewöhnliches in deinem Tee."

Ich nippte an der goldenen Flüssigkeit. Sie schmeckte ausgezeichnet.

„Also, jetzt erzähl mal, was führt dich zu mir?"

„Ich habe ein Geisterproblem", begann ich und lehnte mich zurück.

„Oh, interessant." Die Augen von Mr. Kephisto leuchteten vergnügt.

„Finden Sie? Ja, mag sein."

„Als ich dich das letzte Mal sah, schienst du eine magische Anziehungskraft auf diese Wesen zu haben."

„Das ist wahr", erwiderte ich lachend. „Und seitdem sind noch ein paar hinzugekommen, die nicht wussten, wohin. Aber um ehrlich zu sein, waren es meine Urgroßmutter und mein Vater, die sie bei uns aufgenommen haben." Ich schüttelte nachdenklich den Kopf, als ich an Florence und Zephaniah dachte. „Sie sind mir alle willkommen, und ich freue mich, sie im Gasthaus zu beherbergen. Aber es gibt einen", fuhr ich fort, während Mr. Kephisto die Finger verschränkte und mich aufmerksam ansah, „der mir Sorgen bereitet und dem ich gerne helfen würde, wenn ich kann."

Er nickte. Ich nahm mir einen Butterkeks und überlegte, ob es wohl okay wäre, ihn in den Tee zu tunken. Ich probierte es und war erleichtert, als Mr. Kephisto nicht darauf einging.

„Was ist denn los mit ihm?"

„Sein Name ist Luppitt Smeatharpe, und mein Vater hat von irgendwem den Hinweis bekommen, dass er an einer Straßenkreuzung festsitzt."

„Dort ist er gestorben?"

„Das letzte Mal, ja."

Mr. Kephisto schien verwirrt über diese Information.

„Luppitt behauptet, er sei wiederholt von derselben Person oder denselben Personen umgebracht worden. Aber er scheint sich an keinen seiner Tode konkret zu erinnern und auch nicht daran, wie er ursprünglich gestorben ist."

„Aber einen Geist kann man nicht töten, Alf."

„Ich weiß! Das habe ich ihm auch gesagt, aber er beharrt darauf, dass es die Wahrheit ist."

„Seltsam."

„Die Sache ist die: Ich würde ihm gerne helfen, ein wenig Frieden zu finden, wenn ich kann. Und ich weiß, dass wir den Geistern helfen können, ins Jenseits zu gehen, wenn sie es wünschen, sodass sie nicht länger in ihrem Zustand gefangen sind. Aber bei Luppitt möchte ich das nicht, zumindest nicht, solange er nicht versteht, was mit ihm geschehen ist und warum er verfolgt wird."

Mr. Kephisto nickte. „Sei sehr vorsichtig, Alf. Du willst sicherlich keinen Exorzisten um Hilfe bitten. Ihre Vorgehensweise kann sehr brutal sein und allen Beteiligten mehr schaden als nützen."

„Ja, das weiß ich. Aber es muss doch etwas geben, was wir tun können." Ich seufzte. „Die Sache ist die, Mr. Kephisto, Luppitts Dasein wird von schrecklicher Angst bestimmt. Er denkt, dass er jetzt, wo er von der Kreuzung weg und wieder frei ist, erneut zur Zielscheibe für diejenigen geworden ist, die ihm etwas antun wollen. Mein Vater nannte mich neulich scherzhaft eine Geisterflüsterin, und in gewissem Maß hat er vielleicht recht. Ich habe einige besondere Fähigkeiten, was das angeht, aber in diesem Fall komme ich nicht weiter. Bestimmt gibt es andere, die mehr Erfahrung als ich haben und die Rat wüssten."

Mr. Kephisto dachte einen Moment lang nach. „Also, ich meine, mal von einer solchen Frau gehört zu haben ... Aber ich müsste Shadowmender fragen. Ich glaube, sie lebt irgendwo im Norden. Warte." Er gab mir ein Zeichen, aufzustehen. „Bring deinen Tee mit und folge mir."

Er öffnete eine Seitentür und winkte mich hindurch. Die Treppe hinauf, die dahinterlag, fühlte sich etwas stabiler an als die vom Erdgeschoss nach oben, aber sie war schmaler. Oben angekommen, öffnete sich eine weitere Tür zum Raum unter dem Dach des Gebäudes, wo ich nichts als Regale erblickte. Sie reichten von Wand zu Wand und enthielten sicherlich Tausende von alten Büchern, Broschüren und Heften in allen Formen und Größen.

„Ich sammle Schriftstücke und archiviere sie hier. Alles, was ich von Hexen, Zauberern und anderen Magiebegabten in die Finger bekomme. Ich habe das meiste davon gelesen und sogar Aufzeichnungen von einigen alten Magiern transkribiert, die nie richtig lesen und schreiben gelernt haben. Es gibt hier Informationen, die mehr als tausend Jahre zurückreichen."

Mit offenem Mund bestaunte ich die unzähligen Werke, die er auf seinem Dachboden zusammengetragen hatte. Währenddessen ging er schnurstracks zu einem Regal, ließ den Finger eine Reihe von Büchern entlangwandern, bevor der Rücken eines schmalen Bandes kurz aufleuchtete und er ihn herauszog. Ich beobachtete, wie sich die Seiten von selbst umblätterten und schließlich an einer Stelle aufklappten.

„Ah, hier ist sie. Dies ist ein Verzeichnis von Personen aus dem einundzwanzigsten Jahrhundert, die für Magieausübende nützlich sein könnten. Da gibt es eine Frau namens Perdita Pugh. Sie wohnt in Birmingham, und wie du hier siehst“, er zeigte auf den handschriftlichen Eintrag, „ist sie eine erfahrene Geisterflüsterin.“

„Das klingt perfekt. Ich frage mich, ob sie bereit wäre, mir zu helfen.“

„Ich werde mit Shadowmender sprechen und ihn bitten, sie unter die Lupe zu nehmen. Wenn er glaubt, dass sie die Richtige ist, kann er vielleicht den Kontakt für dich herstellen.“

„Das wäre wunderbar, danke.“

„In der Zwischenzeit werde ich mein Archiv durchforsten. Mal sehen, ob ich etwas über Luppitt herausfinden kann. Ich weiß noch nicht, ob mir das gelingt, weil ich mich mit Geistern weniger befasse und nicht automatisch alles über sie aufzeichne. Und wenn er bisher nichts mit uns Hexen und Zauberern zu tun hatte, sieht es eher düster aus.“

Ich nickte.

„Aber es kann nicht schaden, nachzusehen“, lächelte Kephisto. „Vielleicht haben wir ja Glück.“

„Das wäre natürlich super“, antwortete ich.

Kapitel 9

Drei Tage später traf Perdita Pugh im Gasthaus ein. Für Reisen mit leichtem Gepäck schien sie nicht der Typ zu sein. Sie fuhr in einem Minivan-Taxi vor, aus dem drei riesige Kisten voller Habseligkeiten und zwei Hutschachteln entladen wurden, sowie eine langhaarige Chihuahua-Hündin namens Chi, die sie an einer mit Strasssteinen besetzten Leine führte und die ein Zöpfchen auf dem Kopf trug, das von einem rosa Band zusammengehalten wurde. Der Hund war perfekt gestylt – ganz im Gegensatz zu Perdita.

In vielerlei Hinsicht erinnerte sie mich an Millicent Ballicott, aber in jünger. Sie schien viel zu warm angezogen zu sein für das milde Wetter an diesem Tag, und nichts an ihrem Outfit passte zusammen. Es bestand aus einer merkwürdigen Kombination aus zu langen und zu weiten Teilen, die ihre schlanke Figur umflatterten: eine knallrote Bluse über einem weißen T-Shirt, darunter ein apfelgrüner Rock aus gecrashtem Samt und dazu dicke, rote Strumpfhosen oder Strümpfe. Abgerundet wurde das Ganze von der dicksten pfirsichfarbenen Strickjacke, die ich je gesehen hatte, und einem breitkrempigen Hut in Marineblau, unter dem lange, krause Haaren hervorquollen, denen vermutlich noch nie eine Haarspülung gegönnt worden war.

„Meine Güte, es wäre doch nicht nötig gewesen, dass du dich so aufbrezelst", murmelte ich in mich hinein, als ich die Eingangstür des Gasthauses öffnete, um sie zu begrüßen. Dabei bemerkte ich, dass Florence, Zephaniah, Ned und Gwyn uns von einer dunklen Ecke aus beobachteten und wahrscheinlich ebenfalls sehr gespannt waren, aus welchem Holz diese Perdita Pugh geschnitzt war.

Sie war eine bemerkenswerte Erscheinung, so viel stand fest. Als ich ihr ein paar Schritte über den Hof entgegenging, kam sie mit ausgestreckter Hand auf mich zu. Unter den anderen Arm hatte sie sich den Hund geklemmt. „Du musst Alfhild sein", rief sie mit überraschend tiefer Stimme. „Zauberer Shadowmender hat mir alles über dich und dein wunderbares Gasthaus erzählt.

Bestimmt kannst du es kaum erwarten, es wieder zu eröffnen."

„Ja, ich …", begann ich, doch sie ließ mich nicht zu Wort kommen.

„Oh, Alfhild, du hast tolle Haare! Vielleicht ein bisschen zu viel auf den Rippen, aber ich bin mir sicher, sobald du hier Gäste empfängst, werden sie dich den ganzen Tag auf Trab halten, und deine Geister sowieso, dann wird sich das schon regeln. Also, du bist wirklich entzückend, meine Liebe, und du strahlst eine wunderbar warme Energie aus."

„Äh, danke", erwiderte ich mit leicht beleidigter Miene.

„Ich bin Perdita, und das ist Chi, meine kleine, süße Mausi-Prinzessin. Ich hoffe, es macht dir nichts aus, dass ich sie mitgebracht habe, aber ich schwöre, ohne sie wäre ich verloren."

„Nein, ich …"

„Sie ist ein toller Hund. Und sie hat nichts gegen Geister und Gespenster oder andere ungewöhnliche Gestalten. Ich habe sie sogar einmal einem Werwolf vorgestellt."

„Wirklich?"

„Ja. Zugegeben, sie fand ihn erst etwas gruselig, aber das haben wir in den Griff gekriegt. Ich glaube, sie war leicht geschockt von der schieren Größe dieses Kerls, als er die Gestalt eines Werwolfs annahm. Das war schon ein heftiger Anblick."

„Ich verstehe", sagte ich, obwohl das nicht stimmte. Einen Werwolf hatte ich noch nie im Leben gesehen. Inwiefern heftig? Und warum hatte sie ihn dem Hund vorgestellt? Ich beschloss, nicht nachzufragen. Stattdessen machte ich eine einladende Handbewegung in Richtung der Eingangstür, und wir gingen gemeinsam ins Gasthaus.

„Oh, das ist ein wunderschönes Gebäude, Alfhild. Du kannst dich glücklich schätzen, so ein fantastisches Haus geerbt zu haben." Wir standen in der leeren Bar, die zwar bereits teilweise restauriert war, in der es aber noch eine Menge zu tun gab.

„Ja, es hat Potenzial", sagte ich und war überrascht, dass sie mich nicht sofort wieder unterbrach. Vielleicht war sie immer nur im ersten Moment so überschwänglich. Sie setzte Chi auf dem Boden ab, löste die Leine und beobachtete den kleinen Hund liebevoll, während er sich umschaute und herumzuschnüffeln begann.

Der Taxifahrer steckte seinen Kopf durch die Tür. „Wohin soll ich die Koffer bringen, meine Damen?", fragte er mit vor Anstrengung gerötetem Gesicht.

„Wenn Sie sie hier abstellen könnten, wäre das prima", antwortete ich und sah schuldbewusst zu, wie er ein Gepäckstück nach dem anderen mit großer Mühe hereinschleppte.

„Sind da überall Anziehsachen drin?“, wollte ich von Perdita wissen, während ich mich im Stillen fragte, wie lange sie wohl bleiben würde.

„Nein, nein, ich habe auch ein bisschen Ausrüstung dabei. Und natürlich Sachen für Chi. Und ein paar Bücher für abends. Ich schaue nicht gerne fern.“

„Das ist gut, denn wir haben hier keinen Fernseher“, informierte ich sie, und Perdita strahlte.

„Das ist doch nur dummes Zeug, mit dem man da eingelullt wird. Es raubt einem die Energie und die Fantasie obendrein“, ereiferte sie sich. „Nichts für kluge Köpfe wie uns. Es freut mich ungemein, dass wir die gleiche Einstellung haben.“

Ich nickte und beschloss, ihr nicht zu sagen, dass ich nur deshalb keinen Fernseher besaß, weil ich noch nicht dazu gekommen war, einen zu beschaffen. Ich ging davon aus, dass die meisten meiner zukünftigen Übernachtungsgäste nicht auf ihren gewohnten Komfort verzichten wollten und erwarten würden, ein Fernsehgerät, WLAN und andere Annehmlichkeiten in ihren Zimmern vorzufinden.

Perdita schritt umher und stellte sich direkt vor den großen steinernen Kamin. Ich hatte heute kein Feuer gemacht, da das Wetter in letzter Zeit so mild gewesen war, und da ich ohnehin nicht vorhatte, heute hier zu arbeiten.

Sie hob die Arme, die Handflächen zur Decke gerichtet, schloss die Augen und atmete tief durch. Ich beobachtete sie aus dem Augenwinkel, während ich besorgt verfolgte, was ihr Hund tat. Chi spazierte durch den Raum und schnüffelte an allem. Hoffentlich würde sie nicht auf meine frisch geschliffenen Holzdielen pinkeln.

Schließlich ließ Perdita die Hände sinken und öffnete die Augen. „Ich wollte mir ein Bild von dem Ort machen. Es ist ein interessantes Gebäude mit diesen ganzen Anbauten."

„Ja, es ist ziemlich speziell, ein bisschen schief und schräg", gab ich lächelnd zurück. „Es neigt sich untenherum zu einer Seite und obenherum zur anderen. Im Laufe der Jahre wurden mehrere Gebäudeteile angebaut."

„Ja, es ist faszinierend, voller Geschichte und Erinnerungen und diverser Energien."

Gespannt wartete ich ab, ob sie auf die Energien konkreter eingehen würde. Ich wollte ihr keine Hinweise geben. Zauberer Shadowmender hatte sich mit Sicherheit gründlich über sie informiert und hätte ihren Besuch bei mir nicht arrangiert, wenn er sie für eine

Schwindlerin halten würde, aber sie sollte sich trotzdem erst mal beweisen.

„Und eine überraschende Anzahl von Geistern."

Aha, das war ihr also nicht entgangen. „Überraschend?", fragte ich. „Wie viele denn?"

Perdita dachte angestrengt nach, während ihre Augen umherhuschten. Ich fragte mich, ob sie die Bewohner des Gasthauses vor ihrem inneren Auge sehen konnte und gerade die einzelnen Räume durchging. „Mehr als sich dir gezeigt haben." Sie lächelte verschwörerisch. Zweifellos hatte sie bemerkt, dass ich ein wenig skeptisch hinsichtlich ihrer Fähigkeiten war.

„Da drüben sind ein paar." Sie deutete mit dem Kopf auf die Milchglastür neben der Bar, die über einen Flur auf die Rückseite des Gasthauses führte. Ich ging hinüber, öffnete sie und erblickte meinen Vater und Zephaniah, die sich zweifelsohne dort versteckt hatten, um uns zu belauschen. Weiter hinten schwebte Ned gerade eilig in Richtung Küche davon.

Leicht verärgert über die Sperenzchen meines Vaters schüttelte ich den Kopf. „Perdita, das ist mein Vater, Erik Daemonne, und das ist Zephaniah."

„Zephaniah Cooper? Ich freue mich sehr, dich kennenzulernen. Ich bin froh, dass du den Weg aus Ypern zurückgefunden hast." Sie nickte meinem Vater zu, der mich angrinste. „Und die junge Dame in der Küche?“, erkundigte sich Perdita.

„Das dürfte Florence sein.“

„Und wer ist die ältere Dame in dem Zimmer auf der ersten Etage? Da drüben, meine ich.“ Sie zeigte nach oben, genau dorthin, wo sich mein eigener Wohnbereich befand.

„Wahrscheinlich meine Urgroßmutter. Sie heißt genau wie ich, Alfhild Daemonne.“

„Aber ihr habt unterschiedliche Zweitnamen. Deiner ist Yasmin, nach deiner Mutter, und ihrer ist Gwynfyre. Du nennst sie Gwyn, richtig?“

„Das stimmt“, bestätigte ich ihr. Perdita wusste in der Tat eine Menge. Möglicherweise hatte ihr Shadowmender bereits einiges erzählt, aber ich konnte mich nicht erinnern, ihm – oder überhaupt irgendjemandem – von Zephaniah berichtet zu haben.

„Viele von ihnen haben sich auf dem Dachboden einquartiert. Es gefällt ihnen dort oben. Ein paar weitere halten sich in den Zimmern auf und ein oder zwei auf dem Grundstück. Einige sind auch im Wald hinter dem Haus.“

Bei der Erwähnung von Geistern im Shady Wood schauderte es mich. Hoffentlich hatten sie keine bösen Absichten. Es war immer noch mein liebster Ort zum

Spazierengehen, obwohl ich um die Lichtung in der Mitte des Waldes stets einen Bogen machte.

Perdita runzelte die Stirn, drehte den Kopf zur Seite und reckte den Hals. Sie ging ein paar Schritte in Richtung der Vorderseite des Gasthauses und zeigte auf die Ecke, die am weitesten von der Bar entfernt lag. „Da oben haust ein trauriger Geist.“ Sie legte den Kopf schief. „Er versteckt sich“, stellte sie mit überraschter Miene fest.

„Deshalb habe ich dich gebeten, hierherzukommen“, sagte ich. „Ich möchte dich bitten, dass du mir hilfst, ihm zu helfen.“

Ich versuchte, Luppitt aus seinem Kleiderschrank zu locken, aber er weigerte sich standhaft, und zwingen konnte ich ihn nicht. Ich erklärte ihm, dass ich eine Geisterflüsterin ins Gasthaus eingeladen hatte und dass sie sehr gerne mit ihm sprechen würde, aber er blieb zusammengekauert im Schrank hocken, das Kinn auf den Knien und die Augen fest geschlossen, und weigerte sich, mit mir zu reden.

„Oh, Luppitt“, flehte ich, „du brichst mir das Herz. Und ich leide mit dir.“

Tief empfundene Empathie ist eine höchst charakteristische Eigenschaft vieler Hexen, die mir selbst mitunter zu schaffen macht. Es ist nicht einfach, sich wegen des Leids eines anderen emotional erschöpft zu fühlen. Bedrückt schlich ich die Treppe wieder hinunter und gesellte mich zu Perdita und Chi in eines der Separees, genannt The Nook, das ich zum Arbeiten für sie hergerichtet hatte. Es gab dort einen großen, rustikalen Tisch mit einer Eckbank. Darunter stand Chis kuscheliges Körbchen, mit einem Schaffellteppich davor, auf dem zahlreiche rosa Hundespielzeuge verteilt lagen.

Auf dem Tisch hatte Perdita ein paar abgegriffene akademische Lehrbücher und mehrere zerfledderte Notizbücher ausgebreitet, dazu ein paar Stifte und eine seltsame Vorrichtung, die aussah wie eine Holzkiste mit einem umgedrehten Goldfischglas darin, das auf einer metallenen Unterlage ruhte. Das Ding war an einen normalen Laptop angeschlossen, und mehrere bunte Kabel kamen aus ihm heraus und führten zu einer Art Ladegerät in der Wand. Als ich es anfassen wollte, schlug Perdita mir leicht auf die Hand, und ich zuckte überrascht zurück.

„Das ist mein Elektro-Endoquero. Selbst entwickelt. Ich habe ihn mir patentieren lassen. Er ist mit meinem Laptop und meiner eigenen Software verbunden. Auch selbst entwickelt. Der Elektro-Endoquero kommuniziert in regelmäßigen Abständen mit den Sonden, die ich in jedem Zimmer und in den Außenanlagen platzieren werde. Das hilft mir, eine Reihe eingehender Untersuchungen durchzuführen, um festzustellen, was in der Umgebung vor sich geht. Ich bin sehr stolz darauf, und deshalb kann ich nicht zulassen, dass ihn jeder betatscht. Er ist sehr wertvoll. Das verstehst du sicher, Alfhild."

„Was kann ..."

„Was er kann? Nun, er kann mir dabei helfen, genauer einzuschätzen, wie viele Geister sich hier im Gasthaus befinden und wo sie sich normalerweise aufhalten. Wenn ich ihn über Nacht anstelle, kann ich dir morgen einen Ausdruck der Aufenthaltsorte und Laufwege deiner Geister geben. Je länger man ihn laufen lässt und je mehr Sonden man hat, desto genauer sind die Daten. Wir könnten ihn eine Woche oder einen Monat lang Daten sammeln lassen, dann hättest du eine viel genauere Vorstellung davon, was hier vor sich geht."

„Ach, tatsächlich?", erwiderte ich ein wenig irritiert. „Irgendwie hatte ich angenommen, dass eine Geisterflüsterin ... nun ja ... auf besondere Weise mit ihnen kommuniziert ... oder zumindest mit ihnen spricht."

„Oh, das mache ich auch, natürlich. Ich mache alles, was mit Geistern zu tun hat." Sie musterte mich einen Moment lang kritisch. „Shadowmender hat mir erzählt, dass du selbst über gewisse derartige Fähigkeiten verfügst."

„Um ehrlich zu sein, habe ich lange Zeit nicht darüber nachgedacht, aber seitdem ich im Gasthaus lebe, ist mir bewusst geworden, dass ich einen besonderen Draht zu Geistern habe.“

„Du siehst ihre Lichter und rufst sie an, sich zu zeigen?“, fragte sie, und ich nickte. „Du scheinst unsere Geisterfreunde magisch anzuziehen. Zweifellos sind es ziemlich viele, die dir folgen. Ich sehe, dass du einige von ihnen in ihrer Existenz gewürdigt hast, andere nicht.“

Meine Augen wanderten umher. Die Irrlichter in meinem peripheren Blickfeld, die wie kleine, in verschiedenen Farben leuchtende Ballons aussahen, hatten mich schon immer umgeben. Jahrelang hatte ich mich dieser Tatsache verschlossen, aber allmählich begann ich zu begreifen, dass ich eine Fähigkeit besaß, die ich nicht länger leugnen konnte und vielleicht auch nicht sollte.

Im Vorfeld des Kampfes um den Shady Wood hatte ich mehrere Geister wahrgenommen, und einige von ihnen waren bei mir im Gasthaus geblieben. Andere waren wieder verschwunden, und neue hatten ihren Platz eingenommen. Von Zeit zu Zeit nahm ich neuartige Lichtblitze in anderen Farben wahr. Ich wollte sie besser kennenlernen, ihre Bedürfnisse und Beweggründe verstehen und mit ihnen zusammenarbeiten.

Perdita tippte auf ein paar Tasten ihres Laptops, und

das Display des Geräts wurde hell. Zahlen sausten über den Bildschirm.

„Sag mal, Perdita", setzte ich an, die Augen auf den Bildschirm gerichtet, auf dem sich grüne Punkte scheinbar ziellos umherbewegten. „Was hätte ich davon zu wissen, wie viele Geister es hier gibt und was sie tun?

Perdita sah amüsiert aus. „Das ist eine gute Frage, Alfhild. Wahrscheinlich nichts, wenn sie dich nicht weiter stören. Ich verwende diese Aufspürtechnik vor allem dann, wenn ein Gebäude von Geistern befallen ist und der Besitzer sie loswerden will." Sie zog die Augenbrauen hoch. „Willst du denn, dass die Geisterbewohner das Whittle Inn verlassen?" Perdita beugte sich über ihren Laptop und tippte ein paar Befehle ein, bevor sie auf die Leertaste drückte. „Schau, die ersten Messwerte des Elektro-Endoqueros deuten darauf hin, dass du sechsunddreißig Geister beherbergst. Das ist zunächst eine grobe Schätzung auf der Grundlage der ersten Messung. Möglicherweise wurden noch nicht alle richtig erkannt." Sie winkte mich zu sich.

Tatsächlich wurden auf dem Bildschirm ein ungefährer Grundriss des Gasthauses mit allen Zimmern sowie nummerierte Punkte darin angezeigt, auf die sie deutete. „Sechsunddreißig?", wiederholte ich ungläubig. „Ich wusste nicht, dass es so viele sind."

„Es sind mindestens so viele, wenn nicht mehr. Das

ist eine beträchtliche Anzahl für ein Gebäude dieser Größe, zumal du hier demnächst menschliche Gäste empfangen willst. Ich nehme an, dass du ein paar dieser Geister auslöschen möchtest."

„Sie auslöschen?" Ihre Wortwahl irritierte mich.

„Ja. Du weißt sicher, dass du einen Geist bitten kannst, zu gehen, wenn du ihn zum Weiterziehen bewegen willst."

„Klar." Das gehörte praktisch zum Hexen-Einmaleins.

„Und natürlich tun viele Geister, was man ihnen sagt. Manche wurden zurückgelassen und haben einfach nicht gemerkt, dass sie auf die andere Seite wechseln sollten. Wenn du sie höflich darum bittest, sehen sie oft ein, dass sie hier fehl am Platz sind, und machen sich aus dem Staub." Perdita öffnete ihr Notizbuch. Es enthielt zahlreiche Vermerke, die mit violetter Tinte in winzigen, ordentlichen Lettern geschrieben waren. Den Rand verzierten Kritzeleien von Blumen und Schmetterlingen. „Es gibt allerdings auch welche, die ein wenig mehr Druck brauchen, und dafür kannst du Magie einsetzen." Auch das hatte ich irgendwann schon einmal gehört, aber noch nie ausprobiert.

„Das stärkste Mittel ist der Exorzismus. Hierbei handelt es sich in der Regel um eine extreme religiöse Praktik, die sehr brutal sein kann, wenn sie nicht von einem Spezialisten durchgeführt wird. Einmal angewendet, gibt es kein Zurück mehr – sobald der Geist ins Jenseits verbannt wurde, muss er für immer und ewig dort bleiben."

„Puh, das ist krass."

„Und nicht alle Geister wollen das. Es ist also unsere Aufgabe", sie deutete mit dem Finger auf mich, „dafür zu sorgen, dass sich alle Geister frei entscheiden können, wohin sie gehen wollen, wenn wir sie wegschicken."

„Das klingt fair." In der Tat empfand ich das als einen guten Ansatz, respektvoll mit ihnen umzugehen.

Perdita vertiefte sich erneut in die Daten und Darstellungen auf ihrem Bildschirm.

„Und du meinst, Luppitt möchte nicht aus seinem Versteck kommen?", fragte sie schließlich und blickte zu mir auf.

„Nein, er ..."

„... hat panische Angst?"

„Ja genau."

„Erzähl mir von ihm." Perdita machte es sich auf der Bank bequem und legte die Füße hoch, an denen sie, wie ich erst jetzt bemerkte, neonpinke Hausschuhe mit Pelzbesatz trug.

Ich berichtete ihr alles, was ich über Luppitt wusste, und ausnahmsweise unterbrach sie mich nicht dabei. Ab und zu machte sie sich eine Notiz in ihrem Buch oder zeichnete ein paar Schnörkel an den Rand, aber ich hatte das Gefühl, dass sie mir aufmerksam zuhörte. Als ich fertig war, nickte sie und legte ihr Notizbuch beiseite.

„Du hast alles richtig gemacht“, sagte sie. „Der springende Punkt ist, herauszufinden, wie Luppitt ursprünglich gestorben ist. Dann weißt du auch, wer dafür verantwortlich ist.“

„Glaubst du, es stimmt, was Luppitt sagt, dass er immer wieder umgebracht wird?“, fragte ich. Der Gedanke war mir unerträglich, allerdings hatte das außer mir bisher niemand für möglich gehalten.

Perdita war jedoch nicht wie alle anderen. „Oh, natürlich glaube ich das.“

„Aber wie ist das möglich? Man kann doch niemanden töten, der schon tot ist. Ich verstehe, dass man einen Geist verbannen kann, indem man ihn bittet oder ihm befiehlt, dass er weiterziehen soll, oder ... oder durch Exorzismus. Aber man kann einen Geist nicht physisch töten, oder?“

„Da verwechselst du eindeutig das Physische mit dem Metaphysischen.“ Perdita beugte sich vor und streichelte Chi geistesabwesend. „Das Entscheidende hast du bereits gesagt: Man kann einen Geist nicht physisch töten. Das heißt, *du* kannst es nicht. Und *ich* kann es nicht. Und auch nicht Kephisto oder Shadowmender. Warum?“ Als ich verwirrt den Kopf schüttelte, zeigte sie auf die sechsunddreißig grünen Punkte auf dem Bildschirm, von denen einige in Bewegung waren.

Sie gab eine Tastenkombination ein, sodass zusätzlich zwei rote Punkte erschienen. „Diese beiden roten Punkte sind wir in diesem Raum. Wenn die Geister hier im Gasthaus dieses Experiment durchführen würden, was würden sie sehen?“ Perdita drückte die Leertaste. Alle grünen Punkte verschwanden, und nur die beiden roten Punkte blieben übrig. Sie drückte die Leertaste erneut, und die grünen Punkte leuchteten wieder auf. Als sie es ein drittes Mal wiederholte und die Punkte verschwanden, begriff ich plötzlich, worauf sie hinauswollte.

Die Geister existierten auf einer anderen Ebene als wir. Sie waren nur deshalb präsent, weil Perdita und ich sie sehen konnten. Aber die allermeisten physischen Wesen auf der Erde vermochten das nicht, weil sie schlichtweg nicht an die Existenz von Geistern glaubten oder weil sie sie nicht wahrnehmen konnten, da sie keine inneren Antennen für deren Energien hatten. Genauso interagierten die Geister mit uns: Nur diejenigen, die an unsere Existenz glaubten, konnten uns auch sehen. Bedeutete das folglich, dass Geister auf ihrer eigenen Ebene eine Körperlichkeit besaßen, so wie Perdita und ich?

„Du meinst, dass Luppitt von einem anderen Geist getötet werden kann."

„Natürlich. Und die Sache ist die: Luppitt ist tot. Jedes Mal, wenn er stirbt, wird er der Geist eines Geistes. Es kann sein, dass er sich nur noch verschwommen erinnert, weil einige dieser Geister hinübergegangen sind. Aber es ist noch etwas von seinem ursprünglichen Ich vorhanden, das sich erinnert.

In den Tiefen meines Gehirns ging mir ein Licht auf. Sie hatte natürlich recht. Warum war ich nicht selbst darauf gekommen?

„Und fühlen sie Schmerzen?", wollte ich wissen.

„Oh ja, da bin ich mir sicher", antwortete Perdita sachlich und wandte ihre Aufmerksamkeit wieder ihrem Notizbuch zu.

„Jetzt verrate mir mal bitte", sagte sie, „willst du einen Teil der Geister, die du hier im Whittle Inn hast, loswerden? Wenn ja, wie viele? Dann müsste ich einen Plan aufstellen, wie wir das angehen wollen. Du kannst dabei sein und mir helfen, wenn du magst. Dann schaffst du das beim nächsten Mal alleine und brauchst mich nicht mehr."

Ich beobachtete die kleinen grünen Punkte auf dem Bildschirm. Einige huschten geschäftig hin und her, und ich glaubte zu erkennen, welcher Punkt zu Florence gehörte. Und die beiden vor dem Gasthaus mussten mein Vater und Zephaniah sein. Wie würde ich mich fühlen, wenn jemand meinen Vater höflich bitten würde, weiterzuziehen? Oder Gwyn? Die ganze Sache beunruhigte mich zunehmend.

„Ich werde darüber nachdenken", murmelte ich, stand auf und überließ Perdita ihren Nachforschungen. Was ich jetzt brauchte, war eine schöne Tasse Tee und ein Plausch mit Florence.

Kapitel 10

„Macht es dir etwas aus, ein Geist zu sein?“, fragte ich Florence, als ich mich an den Küchentisch setzte und mir eines ihrer leckeren Hefebrötchen nahm. Sie waren noch heiß, und ich musste unweigerlich an meine Mutter denken, die mich ermahnt hätte, sie nicht zu essen, weil ich davon Bauchschmerzen bekäme.

„Meine Güte, Miss, was für eine seltsame Frage“, erwiderte Florence, die bis zu den Ellbogen in einer Schüssel steckte und einen Brotteig knetete.

„Ich weiß“, sagte ich und fühlte mich seltsam bedrückt. „Ich denke, es ist wichtig für mich zu wissen, dass du glücklich bist ... da, wo du bist. Glücklich damit, ein Geist zu sein.“

Florence sah mir in die Augen und hörte mit dem

Kneten auf. „Oh, Gott segne dich, Miss.“ Sie pustete sich die Haare aus dem Gesicht und fuhr sich mit dem Handrücken über ihre offenbar juckende Nasenspitze.

„Darf ich ehrlich sein?“, fragte sie mit ernster Miene.

„Natürlich. Immer.“

Sie nahm auf der anderen Seite des Tisches Platz, und wir musterten uns gegenseitig, bevor sie sagte: „Natürlich wäre ich lieber nicht gestorben. Ich hatte einen Freund, weißt du? Sein Name war Thomas Gilles. Er arbeitete in einer Metzgerei in Honiton, ist aber in Whittlecombe geboren und aufgewachsen, und wir hatten uns einander versprochen, als wir noch Kinder waren.“ Sie blickte verträumt in die Ferne und hing zweifellos ihren Lebenserinnerungen nach. Ich war froh, dass sie sich diese Zeiten noch ins Gedächtnis rufen konnte.

„Wir hatten schon alles geplant, wollten für ein Häuschen sparen, zwar nur zur Miete, aber ein schönes, kleines Nest, weißt du?“ Sie rieb ihre Hände aneinander, sodass Brotteigkrümel auf die Tischplatte fielen. „Ich war fünfzehn, als dein Ur-Urgroßvater mich hier anstellte. Ich fing in der Küche an und half der Köchin, Sally Crowley. Sie war sehr nett zu mir. Dann hatte die Familie Ärger mit einem der Hausmädchen, das daraufhin entlassen wurde, also brauchten sie Ersatz, und ich fing an, auf den Zimmern zu helfen. Als ich zwanzig war, wurde ich zur leitenden Hausdame ernannt. Ich war so stolz. Und die Bezahlung war wirklich nicht schlecht. Ich habe Geld zurückgelegt, ebenso wie Thomas. Wir hatten uns schon ein kleines Polster für unser Nest zusammengespart."

Herzzerreißend. Florence hatte die Liebe ihres Lebens gefunden und war nur durch ein kleines Missgeschick beim Anzünden des Kaminfeuers so jung gestorben, bevor sie ihren Traum erfüllen konnte.

„Dann hat er ein anderes Mädchen kennengelernt."

„Was?" Die plötzliche Verbitterung in ihrer Stimme holte mich in die Realität zurück.

„Der dreckige Mistkerl hat hinter meinem Rücken mit so einer blöden Schlampe rumgemacht, die er in der Metzgerei kennengelernt hatte, eine Kundin."

Ich starrte sie fassungslos an. Ich hatte mir wohl vorgestellt, dass das Leben damals einfacher gewesen war. Irgendwie idyllischer. Liebe war Liebe und hielt ewig.

„Was hast du dann gemacht?", fragte ich, während ich mir vorstellte, dass ich ihn bei lebendigem Leib gehäutet hätte.

„So weit kam es gar nicht erst, denn die Ereignisse haben sich ziemlich schnell überschlagen. Ich war an diesem Morgen mit meinen Gedanken woanders – ich hatte es erst kurz zuvor erfahren und nicht gut geschlafen – und war beim Anheizen der Kaminöfen nicht richtig bei der Sache. Ich habe nicht gut aufgepasst, und das hatte leider verheerende Folgen. Das heißt … irgendwie habe ich Feuer gefangen."

Ich saß einen Augenblick lang wie versteinert da und schwieg fassungslos. Dann schüttelte ich den Kopf. „Florence! Es tut mir so leid, dass dir das passiert ist! Das ist schrecklich."

„Ja." Sie nickte und rieb erneut ihre Hände aneinander, an denen noch getrockneter Teig hing. „Ja, es ist schrecklich. In der Tat. Aber um deine Frage zu beantworten: Wenn das Leben vorbei ist, ist es vorbei. Ich erinnere mich nicht wirklich an meinen Tod oder an den Schmerz, den er verursacht hat. Ich wusste, dass ich tot war, weil ich zwar über die Flure huschte, meiner Arbeit nachging, nach wie vor Feuer machte, die Zimmer aufräumte und so weiter, aber niemand wirklich auf mich reagierte. Niemand sprach mit mir oder schaute mich überhaupt an. Und schließlich übernahm eine andere junge Frau alle meine Aufgaben. Sie war immer sehr entnervt, wenn ich ihr zuvorgekommen war."

Florence unterdrückte ein Kichern. „Irgendwann hat sie dann zu viel gekriegt und hatte einen kleinen Zusammenbruch. Erst da habe ich wirklich realisiert, dass ich nicht mehr lebe. Danach habe ich meine Pflichten jahrelang außer Acht gelassen und nur noch hier herumgehangen. Erst als deine Urgroßmutter ins Haus kam, änderte sich alles. Sie war noch jung und hatte Mr. James gerade erst geheiratet, weißt du? Sie hat mich sofort bemerkt, als sie das Gasthaus zum ersten Mal betrat, und sie hat mich von vornherein ernst genommen."

„Hat sie das?" Das könnte erklären, von wem ich meine Gabe habe, mit Geistern zu kommunizieren.

„Oh ja, und sie war sehr nett. Sie schlug vor, dass ich meine Aufgaben als Hausmädchen weiterführe."

„Das hat sie getan?" Es schien also, als hätte Gwyn damals ihre eigene Version einer Cleanup-Crew im Whittle Inn gehabt. Sie und ich waren uns in vielerlei Hinsicht sehr ähnlich.

„Ja."

„Und was ist aus Thomas geworden, weißt du das?", fragte ich, weil ich neugierig war, ob er nach Florence' Tod um sie getrauert hatte.

„Oh, ich weiß genau, was aus ihm geworden ist." Florence stand auf, ging zurück zu der Schüssel mit Teig und begann, diesen mit Wucht zu bearbeiten.

Ich wartete ab und beobachtete sie amüsiert. Offensichtlich ärgerte es sie immer noch. Als sie nicht weitersprach, ließ ich mich dramatisch auf den Küchentisch sinken. „Was? Was ist mit ihm passiert? Du musst es mir sagen!"

Florence presste die Lippen missbilligend zu einer dünnen Linie zusammen. „Seine kleine Liaison mit der

Schlampe aus der Metzgerei verlief nach kurzer Zeit im Sande. Er heiratete Marjorie Denby, eine kratzbürstige Baptistin aus Plymouth, und lebte mit ihr ein tristes Leben im Sparrow Cottage im Dorf."

„Im Sparrow Cottage, das mir gehört?", fragte ich. Ich besaß mehrere kleine Reihenhäuser in Whittlecombe.

„Ja."

„Das ist echt sehr klein." Es war ein winziges Reihenhaus mit zwei Stockwerken und einem schäbigen Badezimmer, das in den 1950er Jahren nachträglich unten angebaut worden war.

„Sie bekamen keine Kinder, und er hatte eines Tages beim Überqueren einer Straße in Honiton einen tödlichen Unfall." Florence schniefte. „Aber das war mir egal. Er hatte sein wahres Gesicht gezeigt."

Ich nickte, dachte an Jed und schwenkte den restlichen Tee in meiner Tasse hin und her, während ich meine eigenen Wunden leckte.

„Ich habe von deinem Freund gehört", meinte Florence mitfühlend. Mir stiegen ungewollt Tränen in die Augen, was mich ärgerte, deshalb kämpfte ich dagegen an.

„Das ist auch so eine unfassbare Geschichte", sagte ich, während ich versuchte, mich wieder zu fassen. „In Wahrheit war er nie wirklich mein *Freund*."

„Diese hinterhältigen Arschgeigen.“ Florence donnerte den Teigklumpen zurück in die Rührschüssel, deckte diese mit einem feuchten Geschirrtuch ab und trug sie hinaus. Ich wusste, dass sie das Brot gerne im Heizungsraum gehen ließ, wo es stets warm war. Der riesige uralte Heizkessel musste ständig laufen, was viel Energie kostete, doch er war im Moment das effizienteste Mittel, um alle Gästezimmer und Bäder zu heizen und bei Bedarf mit Warmwasser zu versorgen.

„Da hast du vollkommen recht“, erwiderte ich lächelnd. Es fühlte sich gut an, eine Komplizin zu haben, selbst wenn es sich dabei um einen Geist handelte.

Ich kehrte in mein Büro zurück und verschickte E-Mails mit Einladungen zu einem persönlichen Vorstellungsgespräch an ein halbes Dutzend Köche und Köchinnen, die auf meine Anzeige geantwortet hatten und von denen ich annahm, dass sie am besten zu uns passen würden. Ich fügte auch eine Landkarte und genaue Wegbeschreibung zum Gasthaus bei und bot ihnen an, hier zu übernachten, wenn sie das wollten. Dann arbeitete ich eine Liste mit Fragen aus, die ich ihnen stellen wollte. Nach dem Vorstellungsgespräch würde ich mit ihnen in die Küche gehen und sie ein paar Gerichte zubereiten lassen, um mich von ihrem Können zu überzeugen. Hoffentlich würden sie mich mit ihren kulinarischen Fähigkeiten beeindrucken.

Nachdem ich mit meinem Fragenkatalog und der Planung fertig war, rief ich Rhona an, die im Dorf einen kleinen Supermarkt führte, und gab ihr meine lange Einkaufsliste durch, auf der vor allem viele frische Zutaten standen, die ich den Köchen zur Auswahl anbieten wollte. Rhona sagte zu, dass ihr Mann Stan mir die Sachen am Morgen des Bewerbungstages ins Gasthaus liefern würde.

Inzwischen war es Nachmittag geworden und ich ziemlich geschafft, weil ich stundenlang über dem Computer gekauert hatte, um alles zu organisieren. Mit verspanntem Nacken und müden Augen stapfte ich die hintere Treppe hinunter, die der Küche am nächsten lag. Unten angekommen lockerte ich meine schmerzenden Schultern ein wenig, als ich Zephaniah entdeckte, der seinen Kopf in den Schrank unter der Treppe steckte. Neugierig ging ich hin, um zu sehen, was er vorhatte.

„Ich hole nur eine Leiter, Miss Alf“, sagte er. „Dein Vater hat uns gezeigt, wie man Softball spielt, und leider habe ich den Ball im Eifer des Gefechts zu fest geschlagen, sodass er nun in einem Baum hängt.“

„Ich verstehe“, sagte ich und verdrehte die Augen. Mein Dad hatte schon immer eine Vorliebe für Spiele im

Freien gehabt. Ich erinnerte mich an unzählige Softball-, Badminton- und Boule-Partien in meiner Kindheit, die mir damals oft endlos erschienen waren. Wann immer wir ein Picknick oder einen Sommerausflug machten, hatte er ein paar Leute zusammengetrommelt, um Mannschaften aufzustellen. Dabei war er sehr ehrgeizig und liebte es, zu gewinnen.

„Ich hoffe, du findest den Ball“, sagte ich und wandte mich zum Gehen um.

„Na ja, wenn nicht, wäre das auch nicht so schlimm. Morgen will dein Vater nämlich Cricket spielen.“

Ich drehte mich erneut zu ihm um. „Er hat keinen guten Einfluss auf euch.“ Das meinte ich zwar scherzhaft, dennoch dachte ich dabei auch an meine Idee mit der Cleanup-Crew, die ich unbedingt bald in die Tat umsetzen wollte, denn die Zeit drängte. Das Whittle Inn musste so bald wie möglich wieder eröffnet werden.

Zephaniah sah mich besorgt an, sodass ich ihm rasch ein Lächeln zuwarf. „Ach was, vergiss es“, beruhigte ich ihn und winkte ab. „Ich habe ein paar Ideen, die ich gerne mit dir besprechen würde. Vielleicht morgen. Nach eurem Cricketspiel.“

„Ja, Miss Alf“, erwiderte er eifrig und holte die Leiter aus dem Schrank.

Doch bevor er zurück in den Garten eilen konnte, kam mir noch etwas in den Sinn: „Sorry, Zephaniah, darf ich dich etwas fragen?“ Er schaute mich erwartungsvoll an. „Macht es dir etwas aus, ein Geist zu sein? Bist du glücklich?“

Zephaniah sah genauso verblüfft aus wie Florence. „Also“, begann er nachdenklich, „ich glaube, anfangs war es schon ein Schock für mich. Vor allem der Ort, an dem ich als Geist gelandet war. Ich hatte wirklich nicht geplant, den Rest meiner Tage auf einem dreckigen Schlachtfeld oder was davon übrig war zu verbringen.“

„Hast du jemals daran gedacht, hinüberzuwechseln?“, fragte ich.

„Natürlich, aber um ehrlich zu sein, Miss Alf, hatte ich nie die Gelegenheit dazu. Keine Zeremonie, nichts. Niemand hat meine Leiche gefunden und zumindest verscharrt. Sie lag dort am Boden, vom Schlamm bedeckt, und soweit ich weiß, liegt sie da noch immer.“

„Das ist furchtbar traurig“, sagte ich, bestürzt von dem Gedanken, dass sein Körper irgendwo in der belgischen Erde auf einem Schlachtfeld vergessen worden war. „Hättest du gerne die Möglichkeit, weiterzuziehen?“

Zephaniah, der die Leiter mit seiner einen Hand festhielt, stellte diese ab und schaute mich sanftmütig an. Sein Blick war klar und aufrichtig. „Viele, viele Jahrzehnte lang hätte ich ja gesagt, ganz bestimmt. Aber seit ich hier in Whittlecombe angekommen bin, seit deine

Urgroßmutter mir Arbeit gegeben hat, nein. Ich bin jetzt so glücklich, wie ich es zu Lebzeiten war."

„Oh, das freut mich zu hören, Zephaniah." Ich legte mir die Hand auf die Brust. „Da bin ich aber erleichtert."

„Du hast doch nicht vor, uns loszuwerden, oder, Miss Alf?", fragte Zephaniah mit beunruhigter Miene.

Ich sah ihn an und warf einen schuldbewussten Blick zu The Nook hinüber, dem Separee, wo Perdita sich mit ihrem Elektro-Endoquero niedergelassen hatte. „Wir haben uns alle schon Gedanken über diese Dame gemacht", erwiderte Zephaniah.

„Sie ist nicht hier, um einen von euch zu vertreiben." Das stimmte so weit. Bloß konnte ich nicht sagen, warum sie überhaupt hier war. Zwar war sie völlig fasziniert von der schieren Menge an Geistern, die das Gasthaus bewohnte, aber ich hatte gehofft, dass sie mir helfen würde, das Problem mit Luppitt zu lösen. Inzwischen glaubte ich jedoch nicht mehr, dass sie mir in dieser Hinsicht von großem Nutzen sein würde.

„Sie spaziert hier herum, redet mit allen und jedem und macht sich Notizen in ihrem kleinen Buch, und ich muss gestehen, Miss Alf, einige von uns machen sich ein wenig Sorgen."

„Ihr braucht euch keine Sorgen zu machen", versicherte ich Zephaniah, wobei ich jedoch ein mulmiges

Gefühl in der Magengegend verspürte. Wie Perdita schon gesagt hatte, könnte es für meine zukünftigen Gäste unangenehm werden, wenn es zu viele Geister gäbe. Das war mir sehr wohl bewusst.

„Wenn du das sagst, Miss Alf", antwortete er, doch ich konnte den Zweifel in seiner Stimme hören. Er nickte mir zu, hob die Leiter mühelos mit seinem einen Arm hoch und ging in Richtung Bar. In diesem Augenblick ertönte von irgendwo draußen ein lauter Schrei.

Kapitel 11

Da ich nicht wusste, woher der Schrei gekommen war, blieb ich ganz still stehen und lauschte. Perdita steckte ihren Kopf oben aus der Tür von The Nook, die wie eine Stalltür zweigeteilt war, und schaute mich durch ihre dicken Brillengläser fragend an. Ich runzelte die Stirn und zuckte mit den Schultern. In der nächsten Sekunde folgte ein zweiter Schrei, der mir durch Mark und Bein ging und mich losstürmen ließ.

Das Geräusch schien von der Vorderseite des Gasthauses gekommen zu sein, also rannte ich Zephaniah hinterher, der die Leiter vor dem Haus fallen gelassen hatte. Ich sah ihn auf eine große Eiche am Rande des Rasens rechts von der Einfahrt zurennen und folgte ihm atemlos und voller Angst, was wir dort vorfinden würden.

Schnaufend kam ich am Fuße des Baums zum Stehen. Eine Gruppe von Geistern hatte sich dort versammelt, darunter mein Vater, Gwyn und Ned. Sie standen dicht beisammen und spähten in die Krone der Eiche. Als ich ihren Blicken folgte, keuchte ich entsetzt auf. Luppitt hing an einem der größeren Äste etwa drei Meter über dem Boden, mit einer Schlinge um den Hals. Er strampelte in der Luft und krallte sich an dem Seil fest.

„Was in aller Welt?", rief ich und schlug mir die Hände vor den Mund. „Helft ihm! So helft ihm doch!"

„Wir brauchen eine Leiter!", meinte mein Vater.

„Zephaniah! Schnell, hol das Ding!", forderte ich ihn auf, und schon war er weg und sauste wie der Wind, um die zurückgelassene Leiter zu holen.

„Luppitt!", rief ich in den Baum hinauf. „Halte durch, wir kommen. Wir werden dir helfen!"

Ich wandte mich an meinen Vater: „Er hat sich das nicht selbst angetan, oder? Sag mir, dass das nicht wahr ist."

„Ich habe sonst niemanden gesehen, Alf. Wir waren alle auf der anderen Seite des Gartens, haben versucht, einen Ball zu retten."

Als Zephaniah mit der Leiter zurückkam, schnappte

ich sie mir und stellte sie auf. Ich lehnte sie gegen den massiven Baumstamm und überprüfte, dass sie festen Halt auf dem Boden hatte. „Du kannst da nicht hochgehen, Alf", sagte mein Vater.

„Sei nicht albern", antwortete ich und kletterte die ersten Sprossen hoch. *Wer sollte es denn sonst machen*?

„Das hat keinen Sinn, Alfhild", rief Gwyn mir hinterher.

Als ich die Leiter hinaufgeklettert war und die Hand nach Luppitt ausstreckte, wurde mir schlagartig klar, was sie meinte. Ich konnte ihn natürlich nicht berühren und deshalb auch nicht befreien. Das Einzige, was ich hätte tun können, wäre gewesen, das Seil durchzuschneiden, aber ich hatte kein Messer dabei.

Verzweifelt stieg ich rasch wieder hinunter und sah zu, wie nun mein Vater die Leiter hinaufkletterte. Vorsichtig schwang er sich von der Leiter auf den Ast, an dem Luppitt hing, griff dem Unglückseligen unter die Achseln und hob ihn einige Zentimeter hoch. Ned, der meinem Vater gefolgt war, griff von der Leiter aus nach Luppitts Beinen und schob ihn ein Stück nach oben. Luppitt wehrte sich inzwischen nicht mehr so heftig – er hatte den Kampf gegen die Schlinge fast aufgegeben. Ned drückte ihn noch ein Stück nach oben, und gemeinsam konnten er und mein Vater ihn endlich auf den Ast hieven. Ned kletterte hinunter, um mir Platz zu machen. Wieder oben angekommen, lockerte ich mit zitternden Fingern die Knoten, bis wir ihm das Seil abnehmen konnten.

Nachdem ich die Leiter hinuntergestiegen war, beförderten mein Vater und Ned Luppitt vorsichtig nach unten, wo die anderen ihn mit ausgestreckten Händen in Empfang nahmen und ihn auf den Boden legten. Ich stand hinter ihnen und sah zu, wie sie sich um ihn kümmerten, seine Kleidung lockerten und seine Arme und Beine massierten.

Für einen schrecklichen Moment, in dem mir beinahe das Herz stehengeblieben wäre, dachte ich, dass Luppitt nicht mehr zu retten und vor unseren Augen zum x-ten Mal verstorben sei, aber schließlich hustete er und griff sich an die Kehle. Die anderen halfen ihm, sich aufzusetzen. Florence eilte mit einem Glas Wasser und einer Decke herbei, die Gwyn um ihn wickelte. Sie stützte ihn, während Florence ihm behutsam einen Schluck einflößte.

„Er ist zum ersten Mal zu uns in den Garten gekommen“, sagte mein Vater. „Er hat uns beim Softballspielen zugesehen, und ich habe versucht, ihn zum Mitmachen zu bewegen. Ich glaube, er wollte es auch, aber dann war er plötzlich nicht mehr da. Ich nahm an, er sei wieder ins Haus gegangen.“

Mir klopfte das Herz bis zum Hals, als ich mich

zwischen die Geister drängte, bis ich mich neben ihn knien und ihm in die Augen sehen konnte. „Luppitt ... geht's wieder?", fragte ich besorgt, und er nickte und hustete erneut.

„Was ist passiert?" Ich hasste es, ihn in dieser Situation zu bedrängen, aber ich musste es unbedingt wissen.

„Sie sind gekommen", keuchte er.

„Sie?"

„Zwei von ihnen. Sie waren hinter mir her."

„Wer waren sie?", erkundigte ich mich, aber Luppitt schüttelte den Kopf.

„Es ist wahr, was er sagt", mischte sich Ned ein. „Ich habe hier drüben Bewegungen wahrgenommen und wollte nachsehen. Beinahe wäre ich zu spät gekommen."

„Du hast die Typen gesehen, die Luppitt das angetan haben?"

„Ja. Es waren zwei, aber ich konnte sie nicht richtig erkennen. Als ich merkte, was los war, war es schon zu spät."

Ich nickte fassungslos. Luppitt hatte also die Wahrheit gesagt. Irgendwelche miesen Typen hatten es nach wie vor auf ihn abgesehen, und jetzt hatten sie ihn sogar im Whittle Inn aufgespürt. Ich musste der Sache auf den Grund gehen, koste es, was es wolle.

Später am Abend, nachdem wir Luppitt wieder auf sein Zimmer gebracht hatten, unterhielt ich mich leise mit Perdita in The Nook, um zu besprechen, wie wir ihn am besten beschützen könnten. Ihr fiel nicht viel dazu ein, außer herauszufinden, wer diese finsteren Gestalten waren, die ihn verfolgten. Sie schlug jedoch vor, ihn nie allein zu lassen.

Das leuchtete mir ein, und so bat ich meinen Vater, Zephaniah und Ned, sich zu Luppitt zu gesellen. Ich wies die drei an, ihn mit Argusaugen zu bewachen und geleitete sie zu ihm. Noch ehe ich das Zimmer wieder verlassen hatte, begann Luppitt, ihnen die unzähligen Arten aufzuzählen, wie er in der Vergangenheit gestorben war – zumindest die, an die er sich erinnern konnte. Während Ned seinen Geschichten gebannt lauschte, schüttelte es mich erneut vor Entsetzen. Vor allem, weil der Tod dem Whittle Inn an diesem Tag beinahe einen weiteren Besuch abgestattet hätte.

Kapitel 12

Ich wachte lange vor dem Morgengrauen auf, nachdem ich mich fast die ganze Nacht hin und her gewälzt und eine unbestimmte Furcht an meinem Inneren genagt hatte wie Sodbrennen. Erst der Anblick von Mr. Hoo, der auf meinem Fensterbrett erschien, beruhigte mich etwas. „Wovor habe ich bloß solche Angst?", fragte ich ihn.

„Hoo-oo", antwortete er, „hoo-oooo."

„Es fühlt sich an, als ob sich alles gegen mich verschworen hätte", gähnte ich. Meine Haut juckte, und meine Augen waren trocken. Ich drehte das Kissen um und drückte die Wange in die kühle Baumwolle. Mr. Hoo zupfte sich mit einer geschickten Bewegung ein paar lose Federn von seiner Brust und stimmte dann einen leisen Eulengesang an. Ich schloss die Augen und lauschte den sanften Klängen. Wenig später schlummerte ich ein, und zum ersten Mal seit mehreren Monaten schlief ich tief und traumlos.

Als ich aufwachte, ein wenig erholter und mit mehr Frühstückshunger als sonst, trieb es mich als Erstes in die Küche, wo ich auf Florence traf, die ungewöhnlich müde und durchsichtiger wirkte als sonst.

„Hast du nach Luppitt gesehen?“, fragte sie, als ich mich erkundigte, was mit ihr los sei.

„Ja.“ Ihm ging es wieder besser, auch wenn er vorhatte, die nächste Zeit im Kleiderschrank zu bleiben. „Mein Vater ist bei ihm und versucht, ihn etwas aufzumuntern. Zephaniah unterstützt ihn dabei.“

Bei der Erwähnung von Zephaniah huschte ein kleines Lächeln über Florence’ Gesicht. „Er hat versucht, ein wenig tiefer in Luppitts Vergangenheit zu graben, und ich glaube, er hat etwas herausgefunden. Wir kennen jetzt die Namen seiner Brüder – Henry und William –, und sein Vater hieß John.“

„Welch edle Namen“, meinte Florence und fuhr dann fort: „Es ist gut, dass Zephaniah da ist, er macht sich überall nützlich, findest du nicht auch, Miss?“

„Absolut“, pflichtete ich ihr bei und sah sie an. Sie stellte zwei Scheiben Toast und ein Glas selbstgemachter Marmelade vor mir ab, wich jedoch meinem Blick aus. „Danke“, sagte ich.

„Es wäre sehr schade, wenn er gehen müsste“, bemerkte Florence. „Wir würden ihn alle vermissen.“

„In der Tat“, stimmte ich ihr zu, weil mir nun klar war, worauf sie hinauswollte. „Niemand muss hier weg, Florence. Ich werde …“, begann ich ihr zu erklären, doch in diesem Moment erschien Gwyn in der Küche.

„Ganz recht, Alfhild. Niemand muss hier weg.“ Gwyn starrte mich aus ihren kleinen, nahezu schwarzen Augen an. Unter ihrem scharfen Blick setzte ich mich gleich ein bisschen gerader hin.

„Grandma …“

„Wenn du beschlossen hast, dass keiner gehen muss, ist es vielleicht an der Zeit, dass du deiner *Geisterflüsterin* sagst, dass du ihre Hilfe nicht mehr benötigst.“

„Grandma …“

„Im Whittle Inn hat es schon immer Geister gegeben, Alfhild, und zweifellos wird eines Tages auch deiner über diese Flure spuken.“

Bei dem Gedanken wurde es mir ganz anders. „Grandma …“

„Du gehst deine sogenannten Verbesserungen auf die falsche Weise an.“

„Grandma!“, rief ich ärgerlich und schlug mit der Hand auf den Tisch. Florence zuckte erschrocken zusammen, während Gwyn mir einen missbilligenden Blick zuwarf.

„Ich habe keine Ahnung, wer das Gerücht in die Welt gesetzt hat, ich wollte irgendwelche Geister von hier vertreiben."

„Dieses Haus hat Ohren, meine Liebe, das müsstest du doch wissen. Man ist nie wirklich für sich. Egal, wo du bist, was du tust oder mit wem du redest."

Ich kniff die Augen zusammen und ließ diesen Hinweis einen Moment sacken. Einer der Geister hatte mich also belauscht. Das hatte ich nun davon.

„Grandma. Das habe ich so nicht gesagt", entgegnete ich kopfschüttelnd. „Also, wir haben zwar darüber gesprochen, aber ..." Ich hielt inne und holte tief Luft, um das Knäuel meiner Gedanken zu entwirren. „Ich muss das Gasthaus wieder ans Laufen bringen. Ich muss dafür sorgen, dass es sich wieder rentiert."

„Schäm dich, Alfhild. Begreifst du nicht, dass dieses Gasthaus allen seinen Bewohnern gehört, nicht nur dir? Es ist nicht *dein* Gasthaus, nicht *dein* Eigentum oder *dein* Erbe. So einfach ist das nicht. In Wahrheit bist du die Hüterin des Whittle Inn. Du hast die Verantwortung für das Gasthaus und jedes Wesen, das darin wohnt."

„Ich muss einige schwierige Entscheidungen treffen."

„Vielleicht. Aber was du da vorhast, ist einfach nicht nett."

Empört ließ ich mein Messer auf den Teller fallen.

„Mit Nettigkeit kann man kein Gasthaus führen, Grandma.“ Meine erhobene Stimme ließ Gwyn einen Schritt zurücktreten und die Lippen noch fester zusammenpressen, als sie es sonst oft tat, während Florence hastig durch die geschlossene Tür in den Lagerraum verschwand.

Schweigen. Es war, also ob das gesamte Gasthaus den Atem angehalten hätte, als ob jede Maus unter den Dielen, jeder Vogel unter dem Reetdach und sämtliche Geister in den dunklen Ecken innegehalten hätten, um nur ja nicht zu verpassen, was ich sagen würde und wie meine verbohrte Urgroßmutter darauf reagieren würde.

„Ich gebe mir Mühe, das Richtige zu tun“, sagte ich etwas leiser.

„Du gibst dir nicht genug Mühe, Alfhild“, antwortete Gwyn und funkelte mich eiskalt an. „Ich habe es schon einmal gesagt, und ich sage es dir jetzt noch mal: Du musst diesen Mann vergessen und dich an die Arbeit machen. Bring die Küche in Schuss! Sie braucht dringend einen neuen Anstrich und muss neu eingerichtet werden. Stell einen Koch ein! Was ist mit dem anderen Personal?“

„Ich habe ein paar Köche zu einem Vorstellungsgespräch eingeladen“, gab ich kleinlaut zurück. Über weitere Angestellte hatte ich noch gar nicht nachgedacht. Es war mir nicht der Mühe wert erschienen, in

Anbetracht der aktuellen Lage und des Zustands, in dem sich der Gasthof befand.

„Wann kommen die Köche, um sich vorzustellen?“

„Donnerstag.“

„Das ist gut. Dann hast du noch ein paar Tage Zeit, um hier ein wenig voranzukommen.“ Gwyns Stimme wurde leiser. „Ich werde mir diese Bewerber ebenfalls genau anschauen. Es könnte hilfreich sein, wenn ich ihnen ein paar Tipps für die Gerichte gebe, die wir unseren Gästen im Whittle Inn anbieten wollen.

„Grandma ...“ Ich hielt es für keine gute Idee, dass Gwyn bei den Bewerbungsgesprächen dabei sein wollte, und ihre Vorstellungen von unserer zukünftigen Speisekarte passten vielleicht nicht ins heutige Zeitalter und zu den Gästen, die wir empfangen würden. Aber ich kam nicht mehr dazu, etwas einzuwenden. Gwyn war aus der Küche entschwunden, um jemand anderem auf die Nerven zu gehen.

Verwirrt saß ich da, stützte den Kopf in die Hände und fühlte mich plötzlich unbeschreiblich erschöpft und gestresst.

„Ich kann kein Gasthaus voller Geister haben, wenn ich ein Gasthaus voller Gäste haben will“, murmelte ich in den leeren Raum und rieb mir die müden Augen.

Das Geräusch eines Bechers, der neben meinem

Frühstücksteller abgestellt wurde, ließ mich aufschrecken. Florence war aus ihrem Versteck zurückgekehrt.

Schuldbewusst sah ich zu ihr auf, und sie begegnete meinem Blick mit einem warmen Lächeln. „Keine Sorge, Miss“, sagte sie verständnisvoll. „Niemand hier wird es dir übel nehmen. Du musst tun, was du tun musst.“

Ihre Freundlichkeit brachte das Fass zum Überlaufen. Ich brach in Tränen aus.

Wenig später trottete ich zu meinem Schreibtisch, wo ich ein paar zähe Stunden damit verbrachte, meine Gedanken zu ordnen und Pläne für das Gasthaus auszuarbeiten. Ich hatte mich immer noch nicht entschieden, wie und nach welchen Themen ich die einzelnen Gästezimmer gestalten wollte. Sobald ich das alles festgelegt hatte, konnte ich mich darangeben, Farbe, Tapeten, Bettwäsche und Dekoartikel zu bestellen. Für die bereits erfolgten Renovierungsarbeiten im Gasthaus hatte sich bereits ein Stapel von Rechnungen angesammelt. Obendrein musste ich ein Auge auf die Instandhaltung der kleinen Reihenhäuser im Dorf, ein Dutzend an der Zahl, sowie des Ladens und des Cafés haben. In letzter Zeit hatte ich meine Pflichten, was mein restliches Erbe betraf, leider vernachlässigt und mich selten in Whittlecombe blicken lassen.

Von draußen drangen entfernte Stimmen zu mir herüber, sodass ich aufstand und an das geöffnete Fenster trat. Die Sonne schien strahlend hell, doch am Horizont türmten sich bereits dunkelgraue Wolken auf, und es sah aus, als würde es gleich zu schütten beginnen. Ich freute mich darüber, denn der Garten konnte einen ordentlichen Regenguss gut gebrauchen. Nur die Cricketspieler da unten würden wahrscheinlich nicht begeistert sein.

Zephaniah war an der Reihe. Vermutlich hatte er Ned oben bei Luppitt gelassen, da ich ihn nicht entdecken konnte. Ich sah zu, wie Zephaniah über einen kahlen, staubigen Streifen flitzte, der durch die Rennerei der Spieler im Rasen entstanden war, bevor er den Ball mit einem perfekten Wurf so gezielt auf meinen Vater schleuderte, dass dieser ihn mit seinem Schläger verfehlte und aus dem Spiel ausschied.

Jubelschreie übertönten das Fluchen meines Vaters. Florence, die an der Seitenlinie gestanden hatte, war aufgesprungen und klatschte am lautesten. Wie ich schon vermutet hatte, schien sie ganz vernarrt zu sein in den jungen Zephaniah.

„Wie süß“, murmelte ich nachdenklich in die Stille meines Zimmers und fragte mich, ob Geisterpaare Geisterbabys bekommen könnten. „Was? Nein!“, entfuhr es mir entsetzt. Ein Gasthaus voller Geisterbabys war wirklich das Letzte, was ich brauchte. Wie sollten die Gäste da jemals in Ruhe schlafen können? Kurz überlegte ich, ob ich Florence und Zephaniah davon abhalten sollte, einander näherzukommen, schämte mich jedoch sofort für diesen Gedanken und schob ihn rasch beiseite. Nein, das würde ich nicht tun. Ich würde nicht zu der Person werden, die offenbar alle anderen momentan in mir zu sehen glaubten – ein widerlicher Kontrollfreak in Hexengestalt. So war ich nicht, und so würde ich auch niemals werden.

Trotzdem musste etwas geschehen. Das wurde mir klar, während ich von meinem Bürofenster aus die Löcher im Rasen betrachtete. Ich musste unbedingt bald mit meiner Whittle-Inn-Cleanup-Crew loslegen und meine eigenartigen Mitbewohner auf die eine oder andere Weise beschäftigen, sonst würde ich hier nie ein Gasthaus eröffnen können, schon gar nicht in den nächsten Monaten. Es war höchste Zeit, meine Geister an die Arbeit zu schicken.

Kapitel 13

Caius, die Krähe, kündigte wie immer meinen Besuch an, als ich den Storykeeper betrat: „Kephisto! „Kephisto!“

„Komm nach oben, Alf, ins Dachgeschoss“, rief mir Mr. Kephisto vom Zwischengeschoss aus zu, bevor er die Treppe hinaufstieg und in seinem Privatquartier verschwand.

Ich schloss die Ladentür, die ihr vertrautes Klingeln ertönten ließ, und begab mich mit einem leicht mulmigen Gefühl im Bauch ins oberste Stockwerk. An das Gewackel und Geknarze der schmalen, alten Stufen hier würde ich mich nie gewöhnen. Oben angekommen, war ich etwas außer Puste und sehr erleichtert, als ich das übliche Tablett mit Tee und Keksen sah.

„Ah, Alf“, begrüßte mich Mr. Kephisto und klang

dabei so, als wäre ich überraschend vorbeigekommen, dabei hatte er mich hergebeten. „Immer wieder schön, dich zu sehen."

„Haben Sie etwas Neues für mich?", fragte ich und folgte seiner Aufforderung, mich zu setzen und zu bedienen. Diesmal hielt ich mich mit den Keksen nicht zurück und tunkte sie munter in den Tee.

„Bisher hatte ich nicht viel Glück, was Luppitts Vergangenheit betrifft", sagte er und setzte sich zu mir. Er legte eine Handvoll Bücher vor uns auf den Tisch und begann, in einem dicken, grünen, in Leder gebundenen Band zu blättern. Er tat das, ohne die Hände zu benutzen, wie ich es bei ihm schon öfter gesehen hatte. Die Seiten, die aus festem, grobem Papier bestanden, wurden rasch umgeschlagen, bis er fand, wonach er suchte. Er reichte mir das Buch, und ich las die Stelle, auf die er zeigte.

„Hier wird nur die Familie Smeatharpe erwähnt", sagte ich, als ich fertig war. „Sie wohnten im Thorny Cross House in Hemyock, das ist doch nördlich von hier, oder?" Mr. Kephisto nickte, und ich fuhr fort. „Sie hatten sechs Kinder, drei Mädchen und drei Jungs. Das wusste ich nicht. Luppitt hat gegenüber Zephaniah, einem der anderen Geister im Gasthaus, nur seine Brüder Henry und William erwähnt, aber keine Schwestern."

„Sie scheinen einige Jahre jünger als Luppitt gewesen zu sein. Vielleicht hatte er nicht viel Kontakt zu ihnen. Oder er stand ihnen nicht so nahe wie seinen Brüdern, wer weiß?“ Mr. Kephisto zuckte mit den Schultern. „Ich bin mir auch gar nicht sicher, ob das eine Rolle spielt.“

„Hier steht, dass er im Jahr 1579 in die Dienste des Barons von Sachsen-Krumpke trat. Das ist doch ein konkreter Anhaltspunkt, mit dem wir arbeiten können.“

„Genau.“ Mr. Kephisto klang triumphierend. „Daher habe ich nach Informationen über die Familie von Sachsen-Krumpke gesucht. Ich dachte mir, dass Luppitt vielleicht irgendwo im Zusammenhang mit dieser Familie auftaucht.“

„Und sind Sie fündig geworden?“, fragte ich und wurde immer aufgeregter. Vielleicht würde mich das einen Schritt weiterbringen, um endlich zu verstehen, was mit Luppitt los war.

„In der Tat.“ Mr. Kephisto reichte mir ein Buch von ähnlicher Größe wie das vorherige, jedoch hatte es dünnere, fleckigere Seiten, denen die Zeit offensichtlich übel mitgespielt hatte. *Aufstieg und Untergang der Familie von Sachsen-Krumpke – von der Antike bis zur Neuzeit.*

„Ich habe mir die ersten Kapitel durchgelesen. Die Krumpkes kamen ursprünglich offenbar aus dem Heiligen Römischen Reich, genauer gesagt aus Preußen, sind aber anscheinend während der Herrschaft von King John nach England gezogen. Im Laufe der Jahre erwarben sie sich die Gunst des Königs und besaßen Ländereien in Worcestershire, Derbyshire und Somerset", fuhr er fort. „Vor allem Kapitel acht ist interessant. Lies das mal. Du kannst dir ruhig Zeit lassen." Mit seiner Tasse Tee in der Hand lehnte er sich zurück und betrachtete die Kekse.

„Ich sollte das nicht tun", sagte er, griff aber trotzdem nach einem.

Lächelnd widmete ich mich wieder dem Buch und begann zu lesen.

Richard William von Sachsen-Krumpke (ca. 1548 – 20. März 1592), der fünfzehnte Baron von Sudgeley, Somerset, war der Neffe mütterlicherseits der englischen Königin Jane Seymour, der dritten Frau von König Heinrich VIII. und Mutter von König Edward VI. Seine Ehefrau Mary war eine geborene Parry. Am bekanntesten ist er vermutlich für seinen kulturellen Einfluss am Hof von Königin Elizabeth I. in den späten 1580er-Jahren.

Richard wurde als Sohn von Baron John von Sachsen-Krumpke und Dorothy Stafford geboren. Er wuchs in Shiregate Hall auf, dem Familiensitz der von Sachsen-

Krumpkes, in der südwestenglischen Grafschaft Somerset. Die von Sachsen-Krumpkes waren eine Familie des Landadels mit engen militärischen Verbindungen. Mütterlicherseits stammte John von Sachsen-Krumpke, wie viele andere Mitglieder des Adels, aus einer normannischen Familie, obwohl sein Großvater ursprünglich aus Preußen kam – daher die militärischen Verbindungen.

Richard hatte keinen guten Ruf unter Zeitgenossen, galt als rücksichtslos, risikofreudig und als ausgemachter Frauenheld. Dagegen schien er seinen Kindern sehr zugetan zu sein, weniger jedoch seiner Frau Mary. Diverse Aufzeichnungen lassen auf zahlreiche Affären schließen.

Sir Thomas Fitzwilliam, ein lebenslanger Freund König Heinrichs VIII. und Nachbar des Barons in Somerset, beschrieb Richard als „stattliche Erscheinung, zäh, scharfsinnig und großmütig ... stürmisch im Auftreten, wenn es die Gelegenheit erforderte, aber poetisch in seiner Ausdrucksform, nobel im Benehmen und ein bemerkenswerter Sänger. Allerdings war er etwas geistlos und ließ es gelegentlich an Moral fehlen“.

Richard von Sachsen-Krumpke hatte höhere Ambitionen, wurde aber am königlichen Hof wenig beachtet, bis er mit seinem Witz, seinen Liedern und Gedichten die Aufmerksamkeit von Queen Elizabeth weckte. Dem Baron war sein Ehrgeiz jedoch anscheinend zu Kopf gestiegen, denn die von ihm vorgetragenen Werke stammten in

Wirklichkeit von seinem Barden Luppitt Smeatharpe, den er Gerüchten zufolge praktisch als Gefangenen auf seinem Landsitz in Somerset hielt.

Als sich die Familie von Sachsen-Krumpke einmal in Begleitung von Luppitt am Hof aufhielt, wurde der Betrug aufgedeckt. Man war dort misstrauisch geworden, ob die Lieder des Barons wirklich alle von ihm selbst stammten, wie er behauptete. Die Königin forderte Smeatharpe auf, ein Konzert für sie zu spielen, mit allen seinen bisherigen Werken.

Der Baron bestritt zunächst vehement, dass die Lieder und Gedichte, die er der Königin vorgetragen hatte, nicht seine eigenen waren, was die Königin nur noch wütender machte. Auf ihren Befehl hin wurde Richard 1590 in den Tower of London gebracht, wo er wegen Hochverrats angeklagt wurde und nach langer Krankheit im März 1592 verstarb.

„Wow!“, rief ich aus. „Da haben wir ihn. Ein echter Barde war er. Und anscheinend der Grund dafür, dass Richard von Sachsen-Krumpke bei Königin Elizabeth in Ungnade gefallen ist.“

„Aber eigentlich geschah es diesem Richard doch nur recht, oder? Es hört sich so an, als ob er dem armen Luppitt gegenüber alles andere als fair gewesen ist."

„Ja, das stimmt", antwortete ich und blätterte in den ersten Kapiteln des Buches, wobei ich mich fragte, ob die Familie von Sachsen-Krumpke schon immer so rücksichtslos mit ihren Bediensteten umgegangen war. „Ich nehme an, dass die Reichen und Adeligen früher oft ein wenig halsabschneiderisch und unbarmherzig gegenüber jenen waren, die auf der sozialen Skala weiter unten standen als sie selbst, nicht wahr? Wenn man zwischen den Zeilen liest, klingt hier schon durch, dass der arme Luppitt es wahrscheinlich ziemlich schwer hatte."

„Trotzdem finde ich, dass Richard viel zu hart bestraft wurde", merkte Mr. Kephisto an. „Ist das nicht oft so? Denk nur mal an die Strafen, die damals über Hexen verhängt wurden." Er zog eine Grimasse, und mir schauderte, als ich an all die Männer und Frauen dachte, die zu Tode gesteinigt, gehängt, gevierteilt, in Dorfteichen ertränkt, auf dem Scheiterhaufen verbrannt oder ganz allgemein im Laufe der Jahrhunderte verfolgt wurden, nur weil sie ein bisschen anders waren als ihre Nachbarn.

„Und wehe dem, der das Königshaus verärgerte!" Ich dachte an Heinrich VIII. und seine armen Frauen und ihre Verwandten und an die vielen Menschen, die er auf die eine oder andere Weise umgebracht hatte.

„Stimmt, dem Hause Tudor durfte man keinesfalls in die Quere kommen. Tatsächlich wundert es mich ein wenig, dass Königin Elizabeth den Rest von Richards Familie verschont hat und das Geschlecht der von Sachsen-Krumpkes fortbestehen ließ."

Ich betrachtete erneut den Titel des Buchs. *Aufstieg und Untergang der Familie von Sachsen-Krumpke – von der Antike bis zur Neuzeit.* „Besteht die Linie bis heute fort?"

Mr. Kephisto schüttelte den Kopf. „Schwierig zu sagen. Dieses Werk über ihre Geschichte wurde 1888 fertiggestellt, und es gibt keine aktuellere Version. Viele britische Familien änderten während des Ersten Weltkriegs ihren Namen, wenn sie einen Nachnamen hatten, der auch nur annähernd germanisch klang. Man müsste wahrscheinlich einen Ahnenforscher um Hilfe bitten, um die Linie bis in die heutige Zeit zu verfolgen. Ich gehe davon aus, dass es irgendwo immer noch Nachkommen der Familie gibt."

Ich dachte darüber nach. Es war keine Spur, die uns weiterbringen würde. „Aber es ist sowieso niemand Lebendiges, nach dem wir suchen – das wird also nichts bringen. Wer auch immer Luppitt verfolgt, es muss ein Geist sein." Ich erklärte dem alten Zauberer, was ich von Perdita erfahren hatte, und dass Geister durchaus andere Geister töten können.

„Erweist sie sich als nützlich?“, fragte Mr. Kephisto, vielleicht um zu überprüfen, ob die Informationen, die er über sie hatte, zutrafen.

„Das ist schwer zu sagen.“ Ich runzelte die Stirn und verzog skeptisch das Gesicht.

„Was ist das Problem?“

„Ich glaube ...“ Wie sollte ich ihm das erklären? „Ich glaube, ich fühle mich unter Druck gesetzt, oder vielleicht mache ich mir selbst Druck, darüber zu entscheiden, wie viele Geister das Gasthaus vertragen kann. Laut Perdita gibt es mindestens sechsunddreißig. Denken Sie, das sind zu viele?“

Mr. Kephisto neigte nachdenklich den Kopf zur Seite, antwortete aber nicht. Ich wusste, was er dachte. Niemand konnte mir die Beantwortung dieser Frage abnehmen.

„Ich könnte vielleicht zwei Dutzend von ihnen bitten, weiterzuziehen, und ich weiß, sie würden es tun. Aber ... das wäre ein verdammt harter Schritt “, versuchte ich ihm zu erklären. „Aber ich muss auch an meine Gäste denken.“

„Deine Gäste *sind* wichtig. Und wenn sie für dich die höchste Priorität haben, warum machst du es dir dann so schwer?“

„Wo sollen die Geister denn hin?“, fragte ich leise. „Sie haben alle ihre Gründe, warum sie sich das Gasthaus als Bleibe ausgesucht haben. Einige von ihnen, weil sie dort gelebt oder gearbeitet haben. Andere, weil ihr Weg sie dorthin geführt hat. Ich weiß nicht, ob ich das Recht habe, sie wegzuschicken.“ Ich klappte das Buch zu und legte es auf den Tisch zwischen uns, griff nach meiner Tasse und atmete tief durch.

„Und das bringt mich zurück zu Luppitt. Ich hatte angenommen, er wäre bei mir im Gasthaus in Sicherheit, wie sich herausgestellt hat, lag ich da falsch. Jemand hat ihn aufgespürt und wollte ihn wieder umbringen. Stellen Sie sich mal vor, wie es sein muss, immer wieder getötet zu werden.“

„Er ist wieder gestorben?“

„Dieses Mal nicht, der Göttin sei Dank. Aber ich begreife jetzt, was er durchmacht.“

Ich tippte auf das Buch. „Wenn ich so darüber nachdenke, haben wir möglicherweise nun doch alle Informationen, die wir brauchen. Zumindest wissen wir, wer damals vermutlich einen Groll gegen Luppitt hegte. Der Baron selbst. Sein Sohn. Vielleicht sogar Königin Elizabeth! Vielleicht stand Luppitt auf ihrer Liste von Leuten, die ihr Unrecht getan hatten und an denen sie sich rächen wollte.“

„Ich kann mir allerdings nicht vorstellen, dass sie für ihre Rache selbst Hand angelegt hätte.“ Mr. Kephisto lächelte.

„Nein, da haben Sie recht. Trotzdem war sie eine starke, mächtige Frau, das hat sie doch selbst immer wieder betont."

„Ich habe den Körper einer schwachen, gebrechlichen Frau, aber das Herz und den Verstand eines Königs, und zwar des Königs von England", zitierte Mr. Kephisto mit einer ausladenden Geste.

„Meine Güte, also, viele Frauen, die ich kenne, sind alles andere als schwach."

„Absolut, Alfhild! Ich habe schon viele außergewöhnliche Frauen kennengelernt." Mr. Kephisto lachte leise in sich hinein. „Ich glaube, du bist auf der richtigen Spur. Jemand hat zu Lebzeiten einen Groll gegen Luppitt gehegt, den er auch nach seinem Tod noch mit sich herumträgt."

Ich stellte meine Tasse zurück auf den Tisch und erhob mich. „Vielen Dank für Ihre Recherchen, Mr. Kephisto. Es ist zwar nicht viel, was wir nun wissen, aber immerhin ein Anfang. Ich denke, ich werde versuchen, die Familie von Sachsen-Krumpke aufzuspüren." Ich hielt inne. Warum vertraute ich so wenig auf meine Fähigkeiten? Sicherlich konnte ich mehr erreichen als das. Immerhin war ich eine Geisterflüsterin.

„Hm. Oder vielleicht werde ich den Baron selbst ausfindig machen."

Kapitel 14

Donnerstag, neun Uhr morgens. Ich stand nervös auf der Eingangstreppe des Gasthauses, nachdem ich gefrühstückt, geduscht und meine wilde Haarmähne gebändigt hatte, um mich auf den bevorstehenden Tag vorzubereiten. Wie immer war ich schwarz gekleidet, aber heute hatte ich mich bemüht, so schick wie möglich auszusehen. Weder auf meinem langen Rock noch auf der Bluse waren irgendwelche Spuren von Gipsstaub oder Farbkleckse zu sehen. Sogar etwas Make-up hatte ich aufgetragen und hoffte, dass ich kultiviert und erfahren aussah, wie es sich für die Besitzerin eines zukünftigen Boutique-Gasthauses gehört.

Und meine neue Cleanup-Crew hatte ganze Arbeit geleistet! Jeder Winkel des Whittle Inn war nun zu meiner Zufriedenheit gefegt und abgestaubt, jede

Arbeitsfläche sauber gewischt und jede Fliese in der Küche und den Badezimmern glänzte. Das Gasthaus war noch lange nicht fertig renoviert und bis zur Eröffnung war es noch ein weiter Weg, aber zumindest bekam man eine Ahnung davon, wie herrlich es einmal hier aussehen könnte.

Alles, was mir jetzt noch fehlte, waren passende Mitarbeiter, die mich tatkräftig unterstützten. Und heute würde ich damit beginnen, mein Team zusammenzustellen. Ich hatte vor, bis zum Ende des Tages einen Koch anzuheuern.

Mit sechs Bewerbern, die sich angekündigt hatten, versprach es ein langer und interessanter Tag zu werden. Nervös drückte ich mir ein Klemmbrett an die Brust, während mein Blick unablässig zur Uhr wanderte. Es war das erste Mal, dass ich mein schräges Gasthaus zur Schau stellte, und es fühlte sich seltsam persönlich an.

Als das erste Taxi auf den Hof fuhr, schluckte ich nervös. Ein junger Mann musterte aus dem Wagen heraus erst das Gasthaus und dann mich. Er sagte etwas zu dem Fahrer, woraufhin dieser mit Vollgas wendete und mich in einer Wolke aus Schotter und Staub stehen ließ. Ich hustete und fuchtelte mit den Armen, während das Taxi wieder aus meinem Blickfeld verschwand, die Einfahrt hinunter in Richtung Whittlecombe.

Ich verspürte einen Stich im Magen. War etwas nicht

in Ordnung? Was hatte ich getan? Was war so schlimm an meinem Gasthaus? Ich machte auf dem Absatz kehrt und ging in die Küche, um mir einen Tee zur Beruhigung zu holen, bevor ich in Tränen ausbrechen und meine Wimperntusche ruinieren konnte.

Als ich auf mein Handy schaute, stellte ich fest, dass mindestens ein weiterer meiner Bewerber nicht auftauchen würde. Er wohnte in Manchester, im Nordwesten des Landes, und hatte mir eine kurze, freundliche Nachricht geschickt, in der er mir erklärte, dass er es sich anders überlegt hatte und ihm Devon doch zu weit weg sei. Ich spürte ein dumpfes Pochen an den Schläfen und wusste, dass ich wahrscheinlich gleich heftige Kopfschmerzen bekommen würde, aber gestärkt mit einem Tee und einigen aufmunternden Worten von Florence kehrte ich auf meinen Platz auf der Treppe zurück und begrüßte kurz nacheinander drei der verbleibenden vier Bewerber: Martin Toynbee, ein 42-jähriger Chefkoch aus Bracknell in Reading, Georgie Bodega, eine 36-jährige Privatköchin aus Essex, und David Hawkesworth, ein 59-jähriger Souschef aus einem abgelegenen Ort in Yorkshire.

Wir warteten noch eine Weile und hielten ein wenig

Smalltalk an der Bar, aber als klar wurde, dass Bewerber Nummer vier nicht mehr auftauchen würde, beschloss ich, den anwesenden Kandidaten eine Führung durch das Gasthaus zu geben. Ich begann im Obergeschoss, vermied es jedoch, die Tür zum Speicher zu öffnen. Stattdessen zeigte ich ihnen das Zimmer, das ich für den erfolgreichen Bewerber vorgesehen hatte. Es war ein Eckzimmer mit gemütlichen Dachschrägen und einem Erker, groß genug für ein Bett und eine kleine Sitzecke. Ich fand, dass es ein schöner Ort war, um seine freie Zeit zu verbringen, aber meine drei potenziellen Angestellten wirkten wenig begeistert. Vielleicht gefiel ihnen der raue Putz an der Wand nicht oder die einfach verglasten Fenster, was auch immer.

„Das Haus ist schon sehr alt“, erklärte ich. „Da liegt noch viel Arbeit vor mir. Es hat so seine Eigenheiten, an die man sich gewöhnen muss. Aber es hat eine Menge Charakter.“

„Das lässt sich nicht leugnen“, antwortete David, setzte sich auf das alte Bett und bewegte sich etwas auf und ab. Das Bett knarrte bedenklich unter seinen schätzungsweise fünfundneunzig Kilo, verteilt auf etwa einen Meter achtzig Körpergröße. Martin, der David beobachtete, verzog missbilligend das Gesicht, ob wegen des Zimmers oder wegen seines Mitbewerbers, konnte ich nicht sagen und fragte auch nicht nach.

„Äh, das Bett kann ich austauschen, das ist kein Problem“, sagte ich und führte sie schnell ins nächste Stockwerk, wo ich ihnen die Gästezimmer zeigte, die alle noch nicht eingerichtet waren. Die Köche nickten unisono und versuchten, höflich und interessiert zu wirken. Ich bemerkte, dass Georgie sich fröstelnd die Arme rieb. Tatsächlich konnte das Gasthaus mitunter kalt sein, wenn man nicht daran gewöhnt war, und bis jetzt hatte ich die Heizungen in den meisten Räumen noch nicht eingeschaltet.

Das letzte Zimmer hatte ich bewusst ausgelassen, aber David ging zielstrebig darauf zu und legte die Hand auf die Klinke.

„Das nicht“, sagte ich schnell.

„Oh, ich dachte, Sie hätten im Moment keine Gäste?“ Er drückte die Klinke hinunter.

Ich sprang nach vorne, um ihn daran zu hindern, einzutreten, aber ich verschätzte mich und schlug mit dem Knie gegen den Türrahmen. Bestürzt sah ich zu, wie David, gefolgt von Martin und Georgie, den Raum betrat, und hoffte, dass Luppitt sicher versteckt war. Ich erhaschte einen kurzen Blick auf Zephaniah, der sich rasch hinter das Bett verzog.

David stand in der Mitte des Raumes. „Das ist aber ein schönes Zimmer“, sagte er. „Tolle Aussicht.“

Ob er dieses Zimmer haben will, wenn er den Job bekommt?, fragte ich mich. *Das geht auf keinen Fall.*

„Ja, stimmt, es ist nett. Und geräumig. Ich glaube, das wird ein beliebtes Gästezimmer werden“, erwiderte ich.

„Es ist eiskalt hier drinnen“, beschwerte sich Georgie, und ich hörte förmlich ihre Zähne klappern.

„Das ist es in der Tat“, stimmte Martin zu. „Unnatürlich kalt.“

„Hier spukt es doch nicht etwa?“, fragte David und lachte laut auf. Ich verspürte den leichten Drang, ihm einen Klaps auf seinen lichten Hinterkopf zu geben.

Stattdessen versuchte ich, die Frage wegzulachen, aber es war nicht zu übersehen, dass auch Martin und Georgie gespannt auf meine Antwort warteten.

„Nun ja, es wurde hier und da schon mal über Geistererscheinungen im Whittle Inn berichtet“, sagte ich, woraufhin ein Schnauben von Zephaniah von seinem Platz hinter dem Bett erklang.

„Darauf würde ich nichts geben“, fuhr ich schnell fort und deutete auf die Tür, um sie alle aus dem Raum zu bekommen, bevor Zephaniah ihnen die Gelegenheit gab, sich von seiner Existenz zu überzeugen. Das wollte ich auf keinen Fall.

„Ich bin sehr empfänglich für übernatürliche Ereignisse“, sagte Georgie und schaute in die Richtung, aus der Zephaniahs Schnauben zu hören gewesen war. „Man merkt einfach, dass in diesem alten Haus viele Geister aktiv sind."

„Tatsächlich?", fragte ich und fühlte mich zunehmend unwohl, weil das Gespräch in eine Richtung lief, die mir nicht gefiel. Ich hoffte, dass Zephaniah spürte, wie ich ihn anfunkelte.

Martin wirkte zunehmend verstimmt. „Ich bin nicht an alte Häuser gewöhnt", murmelte er. „Ich habe bisher nur in modernen Gebäuden gearbeitet."

„Das wird eine wunderbare neue Erfahrung für Sie sein!", trällerte ich. „Kommen Sie, kommen Sie! Lassen Sie uns nach unten gehen, und ich zeige Ihnen, wo das Herz des Gasthauses schlägt." Bevor irgendjemand antworten konnte, schlug ich die Tür hinter mir zu und ging in die entgegengesetzte Richtung den Flur entlang zur Hintertreppe. Ich wies auf eine Tür am Ende des Ganges und sagte: „Hier wohne ich, falls Sie mich mal brauchen." Dann brauste ich die Treppe hinunter und nahm die letzten zwei Stufen auf einmal, wobei ich mir prompt den Knöchel verstauchte. Ich schrie vor Schmerz auf, sodass Perdita Sekunden später aus ihrem Separee herbeieilte, um zu sehen, was hier vor sich ging, gefolgt von der aufgeregt bellenden Chi.

Oh neiiin! Ich hätte schreien können. Die gute Perdita hatte ich ganz vergessen. Ich hätte sie auf einen langen Spaziergang im Shady Wood mit ihrem Hund schicken sollen.

„Was ist hier los?“, erkundigte sie sich, und Chi bellte mit ihr im Chor.

„Nichts, nichts, alles gut“, beruhigte ich sie mit gezwungener Fröhlichkeit und widerstand dem Drang, mir an meinen schmerzenden Knöchel zu fassen.

„Was für ein süßer kleiner Hund!“, rief Georgie verzückt, und ich verdrehte die Augen.

„Oh, hallo.“ Perdita strahlte, als ob sie die drei Leute, die ich im Schlepptau hatte, erst jetzt bemerkt hätte. „Sind das deine ersten Gäste, Alfhild?“, fragte sie und brachte Chi zum Schweigen. Ich drehte mich zu den dreien um und bekam gerade noch mit, dass David Perdita von Kopf bis Fuß musterte – ihr krauses Haar, ihre dicke Brille mit den leuchtend rosa Rändern, die zu ihrer Strumpfhose passten, nicht aber zu ihrem orangefarbenen Kleid, und ihre neongelben Sandalen.

„Nein, nicht wirklich“, erklärte ich ihr. „Sie sind zum Vorstellungsgespräch hier, für den Posten des Küchenchefs.“ *Und mehr als diese kläglichen Drei sind nicht übrig geblieben von einem Haufen Bewerbungen, der alles andere als die Crème de la Crème war*, fügte ich im Stillen hinzu. „Wir sollten weitermachen.“

„Ah, natürlich, ausgezeichnet.“ Perdita wartete nicht ab, ob ich sie vorstellen würde, sondern übernahm das selbst: „Ich bin Perdita Pugh. Ich bin nur vorübergehend hier, also werde ich wohl schon wieder weg sein, wenn Sie hier anfangen."

„Was machen Sie hier?", fragte Georgie und drängte sich an mir vorbei, damit sie Chi streicheln konnte.

Sag es nicht, sag es nicht, sag es nicht, flehte ich Perdita im Geiste an.

Aber natürlich tat sie es.

„Ich bin eine Geisterflüsterin."

„Ich wusste es!", rief Georgie aus, während Martin ganz grün im Gesicht wurde.

„Geister?", fragte David.

„Ich habe oben etwas gespürt!", verkündete Georgie triumphierend. „Im letzten Gästezimmer, das wir uns angeschaut haben. Es war so was von kalt da drin, das ging definitiv nicht mit rechten Dingen zu."

„In welchem Zimmer?", erkundigte sich Perdita und sah mich an. Ich presste genervt die Zähne aufeinander.

Georgie drehte sich um ihre eigene Achse, um sich zu orientieren. „Oh, Moment, da drüben irgendwo." Sie zeigte auf die hintere Ecke des Gasthauses.

„Ich kann nachsehen", bot Perdita an und verschwand in The Nook, um ihren Elektro-Endoquero zu konsultieren. Ich unterdrückte den Impuls, mir die Hände vors Gesicht zu schlagen. David sah mich verwundert an, und ich zwang mich zu einem Lächeln.

Hier ist alles normal. Es gibt nichts Ungewöhnliches zu sehen.

„Was haben Sie denn da drin?“, erkundigte sich Georgie und folgte Perdita.

„Diverse Instrumente, um …“

„Wir müssen wirklich weitermachen“, fuhr ich dazwischen. „Ich bin sicher, das verstehst du, Perdita.“

Georgie sah enttäuscht aus, und ich lächelte sie an. „Wenn wir später Zeit haben, wird Perdita Ihnen sicher gerne zeigen, was sie vorhat.“ Ich warf Perdita einen warnenden Blick zu, den sie jedoch nicht bemerkte. Mit einer ausladenden Geste versuchte ich, die Drei zum Weitergehen in Richtung Küche aufzufordern, und hoffte inständig, dass Florence sich auf dem Dachboden aufhielt, wie ich es ihr eingeschärft hatte. Sie machten jedoch keine Anstalten, weiterzugehen, und da ich sie schlecht vor mir herschieben konnte, blieb mir nichts anderes übrig, als ein weiteres Mal wild in Richtung Küche zu gestikulieren. Georgie bewegte sich jedoch weiterhin nicht vom Fleck.

„Schön, Sie kennengelernt zu haben! Viel Glück!“, säuselte Perdita. „Und übrigens: Momentan haben wir sechsundfünfzig Geister hier.“

Alle standen da wie angewurzelt. Ich lachte nervös in die plötzliche Stille hinein.

„Ungefähr", sagte ich scherzhaft, um die heikle Situation zu entschärfen.

„Nein, nein. Das ist eine genaue Zahl. Zumindest nach aktuellem Stand", korrigierte Perdita mich nachdrücklich.

Martin, der auf der Treppe verharrt hatte, sah aus, als stünde er kurz vor einem Nervenzusammenbruch. Er war bleich und verzerrte ängstlich das Gesicht. „Ich denke, ich habe genug gesehen. Vielen Dank dafür, Miss Daemonne." Er hielt mir seine zittrige Hand hin, doch noch bevor ich sie ergreifen konnte, stürmte er auf die Milchglastür zu, die in den Schankraum führte, und weg war er. Ungläubig starrte ich ihm hinterher und wandte mich dann den beiden verbliebenen Bewerbern zu. Georgie lächelte schüchtern und wirkte unsicher, wie sie reagieren sollte. David grinste nur.

„Was für ein Weichei", sagte er höhnisch.

Ich wünschte, ich könnte sagen, dass die folgenden Stunden ohne Zwischenfälle verliefen. Ich wünschte wirklich, ich könnte das behaupten. Eine Weile ging tatsächlich alles glatt, aber es ließ sich eben nicht verhehlen, dass die Küche, obwohl sie komplett eingerichtet und dank meiner Cleanup-Crew gründlich gereinigt worden war, immer noch ein wenig unfertig und nicht zeitgemäß wirkte. Der Raum müsste gestrichen und idealerweise auch neu gefliest und mit moderneren Geräten ausgestattet werden. Die vorhandenen Öfen, Herdplatten und Geräte waren jedoch alle noch in Ordnung, also, zumindest funktionierten sie. Ich bemerkte, wie David über die altmodische Ausstattung die Nase rümpfte und sich besonders über das Fehlen einer Spülmaschine aufregte.

„Ich werde eine einbauen lassen“, beruhigte ich ihn. „Eine Industriespülmaschine.“

„Ich sehe keinen Platz dafür“, entgegnete er. „Wie hat man das denn in der Vergangenheit gemacht?“, fragte David.

Ich dachte an die Truppe von Geistern, die das Festmahl vor dem Kampf um den Shady Wood vorbereitet und anschließend bemerkenswert effektiv aufgeräumt hatten. Doch das behielt ich lieber für mich. „Per Hand“, erwiderte ich stattdessen sachlich.

„Bitte folgen Sie mir“, forderte ich sie auf und führte sie in die Lagerräume. „Hier befinden sich der Kühlraum und die Speisekammer. Sie können sich Ihre Zutaten aussuchen. Ich habe viele frische Produkte aus der Region eingekauft, denn genau dadurch soll sich die Küche des Gasthauses in Zukunft auszeichnen. Sie können nun also loslegen. In meinem Briefing hatte ich

Ihnen ja schon geschrieben, was ich mir vorstelle: Sie bereiten bitte eine Vor-, Haupt- und Nachspeise zu, sowie einen Teller mit Appetithäppchen und ein paar Scones – weil das die lokale Delikatesse ist und jeder sie haben möchte – und entweder einen Kuchen oder kleine Törtchen. Das überlasse ich Ihnen."

Ich beobachtete, wie Georgie und David sich die Zutaten anschauten, die ich bereitgestellt hatte.

„Das ist eine beeindruckende Auswahl", sagte David, und ich nickte erleichtert, dass endlich irgendetwas seine Zustimmung gefunden hatte.

„Danke. Ich habe mir Mühe gegeben."

Ich ließ sie allein, damit sie sich in Ruhe entscheiden konnten. Als sie wieder zu mir in die Küche kamen, zeigte ich ihnen, wo sie Töpfe, Pfannen, Rührschüsseln, Geschirr, Besteck und alles andere, was sie brauchen könnten, finden würden. Dann setzte ich mich so unauffällig wie möglich auf die Bank in der Ecke, steckte meine Nase in ein Buch und massierte ab und zu meinen verstauchten Knöchel.

Mir schwirrte der Kopf. Ich wusste bereits, dass David wahrscheinlich nicht der Richtige für das Gasthaus war. Seine spöttische, überhebliche Art gab mir ein ungutes Gefühl. Das würde auf lange Sicht nicht funktionieren.

Georgie hingegen hatte gezeigt, dass sie sich für

Geister interessierte. Vielleicht wäre sie die geeignetere Wahl und käme mit den seltsamen Bewohnern des Gasthauses besser zurecht.

Ich sah auf und beobachtete, wie sich die beiden in der Küche bewegten. David arbeitete mit großer Selbstsicherheit. Er schnippelte alles fein säuberlich, maß Portionen ab, probierte und hantierte geschickt herum. Auf dem Herd standen bereits mehrere dampfende Pfannen, und der Ofen lief auf Hochtouren.

Georgie dagegen hatte gerade erst den Ofen eingeschaltet, und ihr Arbeitsplatz war eine Katastrophe. Sie hatte Mehl auf der Arbeitsplatte und Zucker auf dem Boden verschüttet, der an ihren Schuhen klebte. Dann stieß sie zu allem Übel auch noch ein Kännchen Milch um. Florence wäre vermutlich entsetzt gewesen, wenn sie dieses Durcheinander gesehen hätte.

Ich stand leise auf und humpelte in den Heizungsraum, um Handfeger und Kehrschaufel, außerdem einen Wischmopp und einen Eimer zu holen. Vielleicht waren es nur die Nerven, die Georgie zusetzten. Ich nahm mir vor, nett zu ihr zu sein und ihr die Gelegenheit zu geben, sich besser zu präsentieren.

„Hast du das Chaos gesehen?“, ereiferte sich Gwyn, die hereingeschneit war und über meine Schulter hinweg in die Küche spähte.

Eilig schloss ich die Tür. „Grandma!“, zischte ich.

„Ich dachte, du wolltest dich hier raushalten. Darum hatte ich dich zumindest gebeten."

„Ich weiß, das hast du. Aber es ist auch mein Gasthaus, Alfhild. Ich will wissen, was hier los ist." Sie bewegte sich auf die Küche zu, und ich versuchte, sie mit ausgestreckten Händen zu bremsen.

„Bitte nicht."

„Ernsthaft, Alfhild, sind diese beiden die besten Kandidaten, die du auftreiben konntest?"

„Okay, zugegeben", flüsterte ich, „ich hatte mir auch bessere Bewerber erhofft, aber geben wir den beiden eine Chance. Man kann nie wissen. Sie könnten genau die sein, die wir brauchen."

„Niemand braucht so ein Chaos", wandte Gwyn ein.

„Die arme Georgie. Vielleicht ist sie eher der kreative Typ und kann besser ohne eine feste Ordnung arbeiten."

„Vielleicht ist sie aber auch einfach ein Ferkel."

„Grandma, das ist nicht nett."

„Mit Nettigkeit kann man kein Gasthaus führen, Alfhild. Das hat einmal jemand zu mir gesagt."

Ich schätze, das war ich. Die alte Schreckschraube versuchte tatsächlich, mich mit meinen eigenen Waffen zu schlagen. Ich verfluchte sie im Stillen.

Ein paar Stunden später zog eine Vielzahl von Essensdüften durch die Küche, vermischt mit dem weniger angenehmen Geruch verbrannter Cupcakes und Pasteten sowie einer Dauphinois-Soße, die von einem Dutzend Knoblauchzehen erschlagen worden war.

„Gute Arbeit“, sagte ich diplomatisch, während ich Georgies Cupcakes betrachtete. Sie hatte versucht, diese mit einem bizarren grünen Zuckerguss zu retten, der mich sofort wieder an Perdita denken ließ. Kein Wunder, dass sich Florence zu ihr hingezogen gefühlt hatte. Ich nahm mir einen ihrer Appetizer von einem Teller, eine Jakobsmuschel, die leider viel zu lange gebraten worden war. Die dazu gereichte Fruchtsoße enthielt exakt eine Kirsche, an deren Stein ich mir fast einen Zahn abbrach.

David hingegen servierte mir zunächst ein Kanapee mit Blauschimmelkäse, verziert mit Prosciutto, den er so eingedreht hatte, dass die Form an eine Rosenblüte erinnerte. Seine Vorspeise war schlichter: Kebabspieße mit Minzchutney. Das Rezept hatte er von einer Reise nach Indien mitgebracht, wie er mir erzählte, als ich die leckere Würzung lobte. Im Vergleich dazu wirkte Georgies einfache Tomatensuppe ein wenig langweilig, obwohl sie gut gekocht war.

Ich war gerade dabei, Davids Hauptgericht zu probieren, gebratene Rotbarbe aus heimischem Fang mit

Estragonsoße und Pancetta, als ich ein Schluchzen vernahm.

„Weint da jemand?“, erkundigte sich Georgie. „Es klingt wie ein Mann.“

Luppitt. Ich hatte jetzt keine Zeit, nach ihm zu sehen. War Zephaniah nicht da?

„Florence!“, rief ich, ohne nachzudenken. Ich wollte sie losschicken, um nachzusehen, wo Zephaniah und mein Vater steckten. Plötzlich tauchte sie vor uns auf. Wie immer stieg Rauch von ihrer Kleidung auf und ihr Gesicht war rußverschmiert. Georgie begann zu schreien und klammerte sich an David, der daraufhin in einer Pfütze Kirschsaft ausrutschte, nach hinten fiel und auf seinem Hintern landete.

Er lag auf dem Boden und starrte zu Florence hinauf, sein Mund öffnete und schloss sich wie der eines Goldfisches.

„Oh“, sagte ich verlegen. Was hätte ich auch sonst sagen sollen?

Oben wurde das Gejammer von Luppitt lauter. Ich sah Florence mit verzweifelter Miene an. „Würdest du nachsehen, ob bei Luppitt alles okay ist?“, bat ich sie mit leiser Stimme. „Vielleicht findest du auch heraus, wo mein Vater ist.“

„Ja, Miss“, Florence machte einen Knicks und verschwand.

Georgie kreischte erneut auf, wenngleich weniger laut, und ich befürchtete schon, sie würde gleich in Ohnmacht fallen. „War das ein Geist?“, keuchte sie. „Ein echter, lebendiger Geist?“

„Kein lebendiger“, versuchte ich zu scherzen. „Geister sind zwangsläufig tot.“

Gerade als ich David aufhelfen wollte und die Hand zu ihm ausstreckte, erschien mein Vater.

„Sorry, Alf, ich habe kein Benzin mehr für den Rasenmäher, und im Schuppen ist auch keines mehr.“ Er musterte die beiden Fremden. „Oh, Entschuldigung. Bewerbungsgespräche. Stimmt ja. Du hattest gesagt, ich solle wegbleiben, oder? Tut mir leid!“ Und damit verschwand er wieder.

Georgie lehnte sich mit dem Rücken an die Wand und sah sich mit einer Mischung aus Unglauben und Besorgnis um.

David rappelte sich mit meiner Hilfe hoch, zog seine Hand jedoch sofort weg. „Das ist absurd“, brüllte er. „Ist das ein Witz? Was ist das für eine Show, die Sie hier abziehen?“

„Oh, was bist du nur für ein unverschämter Flegel, junger Mann!“, herrschte ihn Gwyn, die hinter ihm aufgetaucht war, in ihrem typischen eisigen Tonfall an. Ausnahmsweise musste ich ihr recht geben. David machte vor Schreck einen Riesensatz und schrie noch lauter, als Georgie es eben getan hatte. Währenddessen heulte sich oben Luppitt die Augen aus dem Kopf.

Ich gab mich geschlagen und hielt mein Handy in die Höhe. „Wollen Sie beide sich vielleicht ein Taxi zum Bahnhof teilen?", fragte ich.

Ich hockte auf der Küchenbank und schob den Teller mit den Überresten der Meeräsche beiseite, die trotz allem köstlich geschmeckt hatte.

„Es tut mir leid, dass ihr diese leckeren Sachen nicht probieren könnt", sagte ich, doch um ehrlich zu sein, war ich froh, dass ich die Köstlichkeiten nicht mit meinen zahlreichen Mitbewohnern teilen musste. Florence schenkte mir ein kleines, bedauerndes Lächeln. Nicht so Gwyn.

„Diese Leute waren nicht die Richtigen für uns", schnaubte sie, widerspenstig wie immer.

Ich versenkte meine Gabel in Davids weißem Schokoladenkuchen mit Erdbeerganache und schob mir ein riesiges Stück in den Mund – nicht sehr ladylike, aber es fühlte sich gut an. Ich wusste, dass Gwyn meine Manieren missfallen würden, doch als sie kritisch die Stirn runzelte, zuckte ich mit den Schultern, als wäre es mir egal.

„Aber wir haben noch immer keinen Koch“, erinnerte ich sie. „Wir stehen wieder am Anfang. Ich muss die Anzeige erneut aufgeben, und dann geht das ganze Spiel von vorne los.“

„Nein, das wirst du nicht.“ Gwyn schniefte. „Du hast deine Chance gehabt. Jetzt überlässt du das mir. Ich werde genau den Koch finden, den wir brauchen.“

Kapitel 15

Als ich mich in die Schlange vor einem der berühmtesten Gebäude Londons einreihte, begann es zu nieseln, und ich befürchtete, dass mein Haar sich gleich in alle Richtungen kräuseln würde. Es ging nur langsam voran, und ich war versucht, die Ticketkontrolle mit einem kleinen Zauber zu beschleunigen, ließ es dann aber bleiben. Stattdessen reckte ich den Hals, um die stattlichen Türme vor mir genauer zu betrachten. Mir entging nicht, dass hinter den schmalen Fenstern im White Tower unzählige kleine Geisterlichter leuchteten. Ich konnte mir gut vorstellen, wie Dutzende einsame Gesichter, die gegen ihren Willen festgehalten wurden, auf den Fluss blickten und sich nach der Freiheit sehnten, die sie nie wieder erleben würden.

Obwohl ich zwölf Jahre lang in und um London gelebt hatte, bevor ich das Gasthaus erbte, war ich noch nie an diesem Ort gewesen. His Majesty's Royal Palace and Fortress of the Tower of London, meist einfach der Tower genannt, liegt am Nordufer der Themse. Er besteht nicht nur aus einem einzelnen Turm, sondern aus mehreren Gebäuden, die von einer Festungsmauer und einem Wassergraben umgeben sind. Die imposante Anlage, die aus jedem Winkel Geschichte ausstrahlt, ist auf der ganzen Welt dafür bekannt, dass sie einst als Gefängnis diente, aber auch als königlicher Palast. Über die Jahrhunderte hinweg beherbergte sie neben den Gefangenen auch eine Waffenkammer, eine Schatzkammer, eine Menagerie, die königliche Münzprägeanstalt und die Kronjuwelen. Ich überflog einen der ausliegenden Prospekte, aber das interessierte mich alles nicht. Ich hatte eine Mission. Ich musste den Baron finden.

Schließlich durfte ich meine Eintrittskarte vorzeigen und musste dann neben Dutzenden von aufgeregten, zankenden Kindern, die alle mit Klemmbrettern ausgestattet und offensichtlich auf einem Schulausflug waren, auf den Einlass warten.

Als ich das Gelände endlich betreten durfte, schlenderte ich erleichtert zum Tower Green, dem Platz im Inneren der Festung. Dort war ein Schafott aufgestellt worden, um den Besuchern zu verdeutlichen, wie es im

Mittelalter in etwa zugegangen war, als zahlreiche hochrangige Mitglieder der Gesellschaft hingerichtet wurden, darunter Anne Boleyn, Catherine Howard und die arme Lady Jane Grey.

Ohne mich bewusst darauf zu konzentrieren, sah ich überall kleine, nahezu durchsichtige Lichter herumschweben. Es fällt mir schwer, genau zu erklären, wie ich sie wahrnehme und mit ihnen in Kontakt trete. Vereinfacht gesagt ist es so: Ich nehme die Lichter zur Kenntnis, erkenne also ihre Existenz an, und erlaube ihnen, sich in Geister zu verwandeln. Wenn das geschehen ist, kann ich mit ihnen normal kommunizieren, aber natürlich kann ich sie nicht berühren.

Ich beobachtete, wie sich die Lichter durch die Menschen bewegten, die über das Gelände schlenderten, und zwischen den Kindern umhertanzten, die lautstark fangen spielten und für die meisten anderen Besucher ein Ärgernis darstellten, bis ihre Lehrer sie zur Ordnung riefen. Als ich mich den Lichtern vollkommen hingab, spürte ich eine große Traurigkeit, aber auch Verwirrung und Schmerz. Da ging ich wieder auf Distanz. Ich wollte mich nicht mit dem Elend weiterer Geister auseinandersetzen. Es wäre eine Katastrophe, mit einem weiteren Dutzend im Schlepptau zum Whittle Inn zurückzukehren, womöglich auch noch mit königlichen Geistern. Bestimmt wären die ganz besonders anspruchsvoll.

Das würde mir garantiert den Rest geben. Nein. Ich musste mich an meinen Plan halten, und der bestand darin, Baron von Sachsen-Krumpke ausfindig zu machen, vorausgesetzt, er war noch nicht hinübergegangen.

Die Informationen aus Mr. Kephistos Buch deuteten darauf hin, dass der Baron im Darden Tower festgehalten wurde, der später als Bloody Tower bekannt wurde, und nicht im berüchtigten White Tower, wie man vielleicht angenommen hätte. Der White Tower war zur damaligen Zeit für Mitglieder des Adels reserviert, und die Gefangenen dort waren für die damals üblichen Verhältnisse nahezu luxuriös untergebracht. Am Ende ereilte sie dennoch das gleiche Schicksal, das heißt konkret, wenn man keine königliche Begnadigung erhielt, kostete einen das irgendwann den Kopf.

Ich erschauderte bei der Vorstellung, in einer der Zellen einzusitzen, im Morgengrauen zu hören, wie draußen das Blutgerüst aufgebaut wurde, und zu wissen, was einen bei Sonnenaufgang erwartete.

Einer der berühmten Yeoman Warders, jene Wächter, die oft als Beefeaters bezeichnet werden, begrüßte mich am Eingang zum Bloody Tower mit einem fröhlichen „Guten Morgen“ und verscheuchte damit meine trüben Gedanken. Im Eingangsbereich hielt ich inne, um mich zu orientieren. Ich wusste nicht, wo genau der

Baron eingekerkert gewesen war, also würde ich mich von Raum zu Raum vorarbeiten müssen. Ich warf einen Blick auf den Plan in meinem Prospekt und beschloss, in der unteren Kammer zu beginnen.

Das Gebäude war nach Englands Eroberung durch die Normannen im Jahr 1066 erbaut worden und damit ein paar hundert Jahre älter als mein Gasthaus, aber es gab einige Ähnlichkeiten, wie ich feststellte. Die Wände waren dick, aus massivem Stein und weiß gekalkt. Die schmalen Fenster mit den kleinen, rautenförmigen Butzenscheiben ließen nur wenig Licht herein. Und selbst mich fröstelte es ein wenig hier drinnen an diesem bewölkten, aber schwül-warmen Tag.

Ich entdeckte noch mehr der kleinen umherschwirrenden Lichter, die ich vorhin bereits als Geister erkannt hatte, und betrachtete sie genauer. Wenn ich jenen bestimmten Geist finden wollte, musste ich schließlich irgendwo anfangen und jeden einzelnen bewusst wahrnehmen, um ein Gefühl dafür zu bekommen, wer sie waren. Das würde einige Zeit in Anspruch nehmen, und leider war ich nicht alleine hier. Andere Besucher streiften umher, lasen die Informationen auf den Schautafeln und sahen sich die Exponate an. Sie hatten keine Eile, warum auch? So ein Tagesticket kostete schließlich einen Haufen Geld. Bei mir war das anders. Die Exponate, die ich suchte, waren von übersinnlicher Natur.

Ich musste aufpassen, dass ich nicht zu viel Aufmerksamkeit auf mich lenkte – das würde mir gerade noch fehlen.

Eines der Lichter schien größer, heller und aufdringlicher zu sein als die anderen. Es hüpfte herum und versuchte, meine Aufmerksamkeit zu erregen, also erlaubte ich ihm, sich zu zeigen. Neben mir erschien ein Riesenkerl mit einem Vollbart, der mich freundlich anlächelte. Er trug einen großen Hut und eine dunkelblaue Uniform mit schicken roten Verzierungen, ähnlich wie der Yeoman, der mich am Eingang begrüßt hatte. Er musste einst auch einer der Wächter hier gewesen sein und war womöglich erst vor Kurzem gestorben, was die Lebendigkeit seines Lichts erklären könnte.

„Sei gegrüßt!“, verkündete er. „Willkommen im Bloody Tower.“

„Danke“, sagte ich und ließ den Blick schweifen, um festzustellen, ob uns jemand beobachtete, aber gerade war außer mir nur eine junge Frau im Raum, die Kopfhörer trug und offenbar Musik hörte.

„Hast du früher hier gearbeitet?“, fragte ich mit leiser Stimme.

„Ja. Ich habe erst lange bei der Royal Navy gedient, und als ich dafür zu alt wurde, habe ich mich hier beworben. Fünfundzwanzig Jahre in der Marine und danach zweiundzwanzig Jahre im Tower. Und beides habe ich geliebt, jeden einzelnen Tag. Es gibt nichts, was ich nicht weiß über diese alten Gemäuer und ihre Menschen."

Wow, heute schien mein Glückstag zu sein.

„Wie ist dein Name?", fragte ich.

„William Briggs. Du kannst mich gerne Bill nennen. Oder Briggsy. Es freut mich sehr, jemanden zu treffen, mit dem ich reden kann."

Ich nickte und warf einen Blick auf die junge Frau, die versuchte, ein Exponat in einer Vitrine zu fotografieren, was schwierig zu sein schien, weil das Glas stark reflektierte. „Ich nehme an, es kommen nicht viele Besucher hierher, die dich sehen können."

„Mehr als du denkst. Die meisten nehmen mich aber nur für einen Sekundenbruchteil wahr und verdrängen das Bild dann hastig. Soll ich dir eine Führung geben?"

„Das wäre nicht schlecht. Ich bin auf der Suche nach etwas ganz Bestimmtem. Na ja, eigentlich nach jemandem."

Bill strich sich über den Bart und hörte aufmerksam zu. „Okay, dann bin ich dein Mann!"

„Sein Name ist Baron Richard von Sachsen-Krumpke. Nach meinen Informationen war er irgendwo im Tower eingekerkert, wahrscheinlich genau in diesem Turm." Zu meiner Erleichterung grinste Briggsy so breit, dass seine Zähne hinter seinem dichten Bart hervorschimmerten.

„Ist er hier?“, fragte ich erfreut. Ich hatte nicht gedacht, dass es so einfach sein würde.

„Er ist oben. Komm mit, ich führe dich zu ihm. Ich glaube nicht, dass einer unserer Geister schon mal Besuch bekommen hat.“

Die frisch renovierte obere Kammer des Bloody Tower war gerade Schauplatz einer Ausstellung über den jungen Prinzen und Thronfolger Eduard V. und seinen jüngeren Bruder Richard. Der Geschichte nach wurden beide von ihrem Onkel und Vormund, dem Herzog von Gloucester und späteren König Richard III., zu ihrer eigenen Sicherheit in den Tower gesteckt. Die beiden verschwanden jedoch unter mysteriösen Umständen von dort, woraufhin ihr Onkel an Eduards Stelle zum König gekrönt wurde. Die Leichen der beiden Jungen wurden nie gefunden. Es war eine ernüchternde Ausstellung. Ich inspizierte die Geisterlichter genau, konnte die Prinzen jedoch nicht unter ihnen entdecken. Was wohl mit ihnen geschehen war?

„Sie sind nicht hier“, sagte Bill und beobachtete mich, während ich mich umsah.

„Was nicht unbedingt heißt, dass sie es nie waren, nehme ich an.“

„Das ist richtig. Nur, dass sie vielleicht hinübergegangen sind."

Bill führte mich in den hinteren Teil des Gebäudes, wo es früher, als es noch kein elektrisches Licht gegeben hatte, wahrscheinlich stockfinster gewesen war an einem wolkigen Tag wie heute. Nun beleuchteten eine Reihe von sorgfältig angeordneten Lampen die Schautafeln. Es war schwierig, sich auszumalen, wie der Raum zu Zeiten des Barons ausgesehen haben musste, aber ich stellte mir abgewetzte alte, von Kerzenwachs befleckte Dielen und eine rußige Decke vor. Vielleicht hatte es auch mahnende religiöse Symbole an der Wand gegeben, protestantische natürlich, entsprechend der damaligen Zeit. All das hatte er ertragen müssen, vermutlich zur Schadenfreude der Königin. Nach allem, was ich gehört hatte, war es eine ihrer Leidenschaften gewesen, sich auf Kosten anderer zu amüsieren.

Noch bevor Bill mich darauf hinwies, entdeckte ich das Licht des Barons – eine trübe, gelbliche Kugel, die etwas kränklich wirkte und vielleicht halb so groß wie ein Fußball war. Ich warf einen Blick über die Schulter, um mich zu vergewissern, dass uns niemand beobachtete, und rief den Baron herbei.

Richard von Sachsen-Krumpke war so, wie ich ihn mir vorgestellt hatte: eine imposante, hochgewachsene Gestalt, schlank und mit einem langen, schmalen

Gesicht, einem fliehenden Kinn und einer Hakennase. Seine blassblauen Augen lagen dicht beieinander und verliehen ihm einen geierhaften, arglistigen Ausdruck. Ich konnte mir gut vorstellen, dass er auf den jungen, empfindsamen Luppitt extrem einschüchternd gewirkt haben musste.

Obwohl er mich jetzt mürrisch anstarrte, spürte ich, dass der Mann, der vor mir stand, nur noch ein Schatten seiner selbst war. Die langen Jahre der Gefangenschaft, nachdem er bei der Königin in Ungnade gefallen war, hatten ihren Tribut gefordert. Er kam einen Schritt auf mich zu, um mein Gesicht genauer zu betrachten, und ich bemerkte die Fesseln an seinen Knöcheln. Hatte man ihn die ganze Zeit in Ketten gehalten? Mir drehte sich vor Abscheu der Magen um.

„Baron?“, sprach Bill ihn gutgelaunt an. „Heute ist dein Glückstag. Du hast Besuch.“ Er drehte sich zu mir um und zwinkerte mir zu. „Ich warte draußen, bin in der Nähe, falls du mich brauchst.“

„Danke, Briggsy.“ Ich blickte ihm hinterher. Es war sonst niemand im Raum. Eine günstige Gelegenheit also, um mit dem Baron allein zu sprechen.

„Baron“, begann ich, „mein Name ist Alfhild Daemonne, und ich komme aus ... Devon.“ Ich beschloss, keine Einzelheiten zu nennen. Obwohl derjenige, der hinter Luppitt her war, uns ohne Zweifel bereits gefunden hatte, wollte ich so wenige Details wie möglich preisgeben.

Die Augen des Barons leuchteten bei der Erwähnung von Devon. „Eine wahrhaft herrliche Gegend, wenn auch nicht ganz so pittoresk wie meine Heimat Somerset.“ Ein kaum merkliches Lächeln umspielte seine Mundwinkel. „Ich muss gestehen“, fuhr er fort, „ich bin überrascht, dass du mich aufsuchst. Es ist lange, sehr lange her, dass mich hier jemand besucht hat.“

Jahrhunderte vermutlich, dachte ich bei mir.

„Ich muss mit dir über einen Freund sprechen.“

„Wie kommst du darauf, dass wir einen gemeinsamen Freund haben könnten?“ In seiner Stimme lag ein verächtlicher Unterton, der mich innerlich zurückzucken ließ, dennoch konnte ich nachvollziehen, dass ihn mein Auftauchen und Anliegen verwirrten.

„Zufällig *weiß* ich, dass es so ist“, antwortete ich. „Sein Name ist Luppitt Smeatharpe.“

Die Gesichtszüge des Barons verhärteten sich augenblicklich. Wutschnaubend kam er mir so nahe, dass ich rasch mehrere Schritte zurückwich und plötzlich froh über seine Fesseln war. „Du wagst es, den Namen dieses Halunken in meiner Gegenwart zu erwähnen? Smeatharpe ist gewiss kein Freund von mir! Was erlaubst du dir?“

Ich hob beschwichtigend die Hände, während eine

Welle der Empörung in mir aufstieg.

„Bitte beruhige dich, Baron. Machen wir es uns nicht unnötig schwer. Ich höre mir sehr gerne auch deine Version der Geschichte an. Ich will nur …“

„Er hat alles ruiniert.“

„Für ihn ist es auch nicht gerade gut gelaufen.“

„Das ist nicht meine Schuld. Ich habe ihn seit dem letzten Tag am Hof der Königin, als er einen kompletten Narren aus mir gemacht hat, nicht mehr gesehen.“

Ich runzelte die Stirn. Wenn das stimmte, war ich hier womöglich auf dem Holzweg und die Reise nach London reine Zeitverschwendung gewesen. Ich entspannte mich ein wenig und nahm eine weniger defensive Haltung ein. „Baron, warum fängst du nicht einfach von vorne an?“, forderte ich ihn mit freundlicher Stimme auf.

Der Baron begann zu erzählen und entführte mich an den Hof von Queen Elizabeth I. Ein prunkvoller Ort, wo man extravagante Kostüme, Möbel und Architektur zu sehen bekam, aber auch ein Zentrum politischer und religiöser Intrigen. Die meisten ihrer Untertanen hielten Elizabeth für stark und gerecht, obwohl sie nicht davor zurückschreckte, jeden, der ihr in die Quere kam, mit

Folter und Tod zu bestrafen. Ähnlich wie die Königin der Herzen in *Alice im Wunderland*.

Elizabeth liebte es, unterhalten zu werden, und förderte viele Dichter, Musiker, Dramatiker und Schauspieler, darunter William Shakespeare, den Barden von Avon. „Ich war auf einem guten Weg, aber dann ging alles schief", klagte der Baron.

„Wie das?"

„Um die Gunst der Königin zu gewinnen, musste man bei Hofe schon auffallen, wenn man nur niederer Adel war, so wie ich. Etwa durch besonderen Humor oder als geschickter Politiker, begabter Sänger oder Musiker, oder als jemand mit einflussreichen Kontakten. Tja, ich war nichts von alledem, und die guten Verbindungen nach Europa, die die Familie Sachsen-Krumpke einst besessen hatte, hatten sich längst in Luft aufgelöst. Ich war ein Niemand, der stets übersehen wurde."

„Du wolltest also auffallen?"

„Selbstverständlich. Und eines Tages hatte ich eine zündende Idee, wie ich das erreichen könnte. Ich hatte den jungen Smeatharpe bei mir angestellt, weil mich sein Vater um diesen Gefallen gebeten hatte. Der Junge konnte gut rechnen und schreiben, und ich dachte, dass er mir vielleicht als eine Art Buchhalter nützlich sein könnte."

So viel wusste ich bereits und nickte ungeduldig.

„Eines Tages bekam ich zufällig mit, wie er meinen Kindern im Garten etwas vorsang.“ Die Miene des Barons hellte sich auf beim Gedanken an seinen Nachwuchs. „Ach, meine Lieblinge“, seufzte er liebevoll. „Katherine, Mary und Cecil. Er hat ihnen Gedichte und Lieder vorgetragen. Sie klatschten in ihre kleinen Hände und konnten nicht genug bekommen, wollten sie wieder und wieder hören. Schließlich beendete ich seine Vorstellung, weil ich ihn im Haus brauchte, aber meine Kinder baten mich fortan bei jeder Gelegenheit, dass er zu ihnen kommen und für sie singen dürfe.“

Der Baron seufzte. „Er hatte zweifellos Talent, und ich erkundigte mich, ob er die Lieder selbst geschrieben hatte, was er mir bestätigte. Da habe ich mir gedacht, dass ich seine Stücke der Königin bei meinem nächsten Besuch am Hof vortragen könnte.“

„Sicher hast du Luppitt dafür großzügig belohnt, nicht wahr?“, fragte ich ihn, obwohl ich schon wusste, dass dies nicht der Fall gewesen war.

„Ja“, erwiderte der Baron und lächelte gekünstelt, wobei er meinem Blick auswich. „Also. Das wollte ich zumindest.“

„Du hast es also nicht getan? Das ist nicht gerade die feine Art. Heutzutage gilt das als Diebstahl und ist verboten. Es gibt Gesetze zum Schutz des geistigen Eigentums, weißt du.“

Der Baron ließ seine Ketten rasseln. „Was denkst du, warum ich in diesen Fesseln gelandet bin?"

„Und wie kam es dazu?"

„Es galt nicht als Diebstahl damals. Luppitt war bei mir angestellt. Was er für mich machte, gehörte mir."

„Also, das mit dem geistigen Eigentum war damals noch kein Thema, ja?"

Ich bemerkte den verwirrten Blick des Barons und winkte ab. „Erzähl weiter."

„Als ich Ihrer Majestät das erste Gedicht vortrug, reagierte sie genauso wie meine Kinder: Sie klatschte begeistert in die Hände und bat mich, es noch einmal zu wiederholen. Und noch einmal. Dann schickte ich ihr eine Abschrift des Gedichts, worüber sie hoch erfreut war. Sie verlangte ein weiteres."

„Du hast Luppitt weitere Stücke schreiben lassen?"

Der Baron nickte. „Er hatte ja schon einige in petto."

„Und du hast der Königin nie gesagt, dass sie von Luppitt stammten?"

Er seufzte schwer. „Das wurde schwierig. Nach meinem ersten Vortrag dachte die Königin, dass die Gedichte von mir stammten. Wie hätte ich ihr die Wahrheit beibringen sollen?"

„Besser spät als nie, oder?" Ich kratzte mich am Kopf.

„Nur ein Narr würde so etwas denken", schimpfte

der Baron, und für einen Moment blitzte seine aufbrausende Art von früher auf. „Du hast ja keine Ahnung, wozu die Königin imstande war."

„Was ist dann passiert? Und wie hat sie es herausgefunden?" Ich deutete auf die Fesseln, woraufhin der Baron sein Gesicht zu einer Grimasse verzog.

„Zunächst wurde ich zu einem gefragten Mann und als Unterhaltungskünstler zu einer Vielzahl königlicher Bankette eingeladen. Gelegentlich durfte meine Familie mich an den Hof begleiten. Es war ein absolutes Privileg, mit der Königin persönlich in Kontakt zu kommen. An einem solchen Tag, an dem meine Familie mitgekommen war, forderte die Königin meine älteste Tochter Katherine auf, sich während meines Gesangs zu ihr zu gesellen. Und als sie sich bei Katherine nach meiner Erfahrung als Barde erkundigte, reagierte meine Tochter leider etwas verwirrt und ..."

„... hat die Katze aus dem Sack gelassen?", beendete ich seinen Satz. Als der Baron mich verständnislos ansah, weil er wohl die Redensart nicht kannte, fügte ich hinzu: „Hat sie der Königin die Wahrheit gesagt?"

Er nickte.

„Autsch."

„In der Tat", erwiderte der Baron mit ernster Miene. „Sie war außer sich, das kann ich dir sagen. Es war wirklich nicht meine Absicht gewesen, ihre gnädige Majestät in die Irre zu führen, aber ich bin da in eine Situation hineingeraten, aus der es kein Entrinnen gab." Der Baron sah aufrichtig betroffen aus.

„Im Grunde war es also ein Missverständnis, das zu diesem ganzen Schlamassel geführt hat", sagte ich. „Ich kann nachvollziehen, dass du das Spiel so lange mitgespielt hast. Aber der arme Luppitt. Du hast seine Talente für deine eigenen Zwecke ausgenutzt."

Der Baron zuckte mit den Schultern. „Der Barde von Somerset – ich hätte ihn wohl besser niemals bei mir angestellt."

„Der Barde von Somerset?"

„So haben wir den Jungen genannt."

Auf einmal fühlte ich mich geschafft und rieb mir die Stirn. Einige Leute waren in den Saal gekommen und beäugten mich neugierig, wie ich da so hinter einer der Schautafeln stand und ein Selbstgespräch führte.

„Hör mal", fuhr ich mit gesenkter Stimme fort, „hast du irgendwen auf Luppitt angesetzt? Andere Geister?"

„Auf ihn angesetzt? Ich weiß nicht einmal, wo er ist." Der Baron klang ehrlich verwirrt. „Warum sollte ich ihn verfolgen lassen?"

„Um ihm etwas anzutun."

Er sah mich überrascht an, und ich war mir sicher, dass er mir nichts vormachte.

„Sorry", sagte ich. „Ich muss dich das fragen."

Einen Moment lang schaute er beschämt drein. „Ich gebe zu, dass ich ihn im Leben nicht gut behandelt habe. Und ich war wütend, enorm wütend. In all den Jahren, in denen ich hier festgehalten wurde und darauf wartete, dass meine gnädige Königin mir meine Verfehlungen vergibt, habe ich ihm den Teufel an den Hals gewünscht, das ist wahr.“ Er hob einen Finger und tupfte sich eine kleine Träne aus dem Augenwinkel. „Aber ... was hat es mir gebracht? Ich habe hier geschmachtet, und weder Hass noch Liebe vermochten daran irgendetwas zu ändern.“

Tiefe Traurigkeit zeichnete sich auf seinem ohnehin schon betrübten Gesicht ab, und er schniefte. „Außerdem war er gut zu meinen Kindern. Immer. Ich habe sie so geliebt. Ich habe sie nie mehr wiedergesehen, nachdem ich hier eingepfercht wurde. Meine Ländereien wurden beschlagnahmt, mit Ausnahme des Anwesens in Somerset, und für meine Frau war es zu schwierig, mit den Kindern hierher in die Hauptstadt zu reisen, sodass ich sie hätte sehen können. Sie hat sie kein einziges Mal hergebracht. Überhaupt hat sie mich kein einziges Mal besucht. Wahrscheinlich war es das Beste so.“

„Und auch nach deinem Tod hast du sie nicht mehr gesehen? Selbst ihre Geister haben nicht versucht, dich aufzuspüren?“

„Ich glaube, dass sie sich entschieden haben,

hinüberzugehen, als die Zeit gekommen war. Ich hoffe nur, dass mein Tod sie nicht zu sehr aus der Bahn geworfen hat, dass sie trotzdem ihr Leben gelebt haben."

„Es tut mir leid, das zu hören", sagte ich. Alles in allem war es für ihn gründlich schiefgelaufen, nur weil er um die Gunst der Königin gebuhlt hatte.

„Du weißt also nicht, was mit Luppitt passiert ist?"

Der Baron schüttelte den Kopf. „Ich habe nicht die leiseste Ahnung. Ich könnte mir vorstellen, dass er abgehauen ist. Ich schätze, auch er hatte verstanden, dass mit der Queen nicht gut Kirschenessen war, wenn sie glaubte, zum Narren gehalten zu werden. An Luppitts Stelle wäre ich über den Ärmelkanal geflohen."

Nur hatte Luppitt damals, anders als der Baron, wahrscheinlich keine Verbindungen ins Ausland besessen. Er stammte aus einfachen Verhältnissen. Wohin hätte er gehen sollen? Womöglich hatte er überhaupt keinen Zufluchtsort gehabt, weder dies- noch jenseits des Kanals. Und wie hätte er es schaffen sollen, nach Frankreich auszureisen? Wenn er sich doch bloß an ein paar mehr Details erinnern könnte.

Erschöpft verließ ich den Bloody Tower und war froh, die bedrückende Atmosphäre hinter mir zu lassen und wieder an der frischen Luft zu sein. Ich suchte mir eine Bank, auf der ich mich ein wenig erholen konnte. Kurz darauf tauchte Bill Briggs vor mir auf, den ich zwischenzeitlich ganz vergessen hatte.

„Alles in Ordnung?", fragte er.

„Ja, danke, Briggsy. Und danke noch mal für deine Hilfe." Ich fischte eine Flasche Wasser aus meinem Rucksack.

„Hast du herausgefunden, was du wissen musstest?"

Ich seufzte. „Schwer zu sagen. Ja und nein." Ich warf einen Blick auf den White Tower hinter mir. „Ich nehme nicht an, dass sich der Geist von Königin Elizabeth I hier irgendwo aufhält, oder?"

„Nein, Mädchen, nein. Aber ihre Mutter, Königin Anne. Sie ist dort drüben." Er zeigte auf den Bereich, wo das Schafott stand, etwas rechts davon.

„Anne Boleyn", sagte ich erstaunt. Eine meiner liebsten historischen Figuren.

„Oh ja. Eine Geschichte voller Liebe, Lust und Ehrgeiz, die ein jähes und trauriges Ende nahm." Bill klang, als würde er gleich in den Reiseführermodus schalten und zu einer ausführlichen Story ausholen.

„Wo ist Elizabeth gestorben?", fragte ich eilig.

„Ah, die gute Bess. Sie ist im Richmond Palace gestorben, wenn ich mich nicht irre."

Kapitel 16

Schade nur, dass es den Richmond Palace nicht mehr gibt, wie ich eine Weile später feststellen musste. Ich stand vor dem Gatehouse, einem der wenigen verbliebenen Gebäude, die noch aus der Zeit des Palastes stammen, und blickte missmutig durch den Torbogen. Von dem alten Prunkbau war nichts mehr zu sehen.

„Verdammt", raunte ich und lehnte mich erschöpft gegen die Mauer. „Der ganze Weg hierher. Für nichts."

Da entdeckte ich ein farbiges Licht, das zwischen einigen Büschen herumschwebte. Bill hatte mir geraten, mich mit meinen Fragen an einen Geist namens Samuel Beere zu wenden, er könne mir bestimmt weiterhelfen, hatte er gemeint. Jener Samuel war zur Zeit, als Elizabeth starb, Mitglied der Leibwache der Königin im Richmond Palace gewesen und spukte angeblich im Gatehouse umher. Ich bestätigte dem Licht, dass ich es wahrnahm, und vor mir erschien ein Mann in Rüstung, mit langem, strähnigem Haar, das unter seinem Helm hervorlugte, und einem gefährlich aussehenden Speer in der Hand. „Hallo“, begrüßte ich ihn und blickte ihn hoffnungsvoll an. „Samuel Beere?“

„Seid gegrüßt, Madam.“ Er musterte mich von oben bis unten.

„Ich bin Alfhild, Alfhild Daemonne. Ein Bekannter von dir aus dem Tower of London hat mir empfohlen, dich hier aufzusuchen.“ Ich nickte mit enttäuschtem Blick in die Richtung, wo der Palast einst gestanden haben musste. „Aber hier gibt es nichts zu sehen.“

„Außer dem Gatehouse sind nur zwei weitere Nebengebäude erhalten geblieben, The Wardrobe und das Trumpeters’ House, Madam.“

„Was ist mit dem Rest des königlichen Anwesens geschehen?“, fragte ich. „Ich hatte angenommen, es sei noch hier.“

„Nein, nein. Man hat es praktisch zerlegt und die Rohstoffe verscherbelt. Der Stein war besonders wertvoll damals, soweit ich weiß.“

Ich konnte es nicht glauben. „Wer macht denn so was?“

„Oliver Cromwell, Madam.“

„Ah, natürlich." Das passte ins Bild. Cromwell, der sich im siebzehnten Jahrhundert vom Parlamentarier zum Staatsoberhaupt vorgekämpft hatte. Er hatte sich der Monarchie mitsamt der königlichen Residenz entledigt und das Gelände anderweitig genutzt.

Ich seufzte. „Ich versuche gerade, den Geist von Queen Elizabeth aufzuspüren. Hast du eine Idee, wo ich sie finden kann?"

„Es heißt, dass sie jedes Jahr an ihrem Todestag, am vierundzwanzigsten März, hier umherwandert."

„Im März?", wiederholte ich und stöhnte innerlich auf. Wir hatten Anfang September. So lange wollte ich mit meinen Fragen an sie nicht warten, falls es überhaupt stimmte, dass sie stets an jenem Tag hier anzutreffen war. „Verstehe."

„Kann ich sonst noch etwas für dich tun?"

„Ich glaube nicht", erwiderte ich. „Ich hatte mir von vornherein keine großen Chancen ausgerechnet. Eigentlich will ich herausfinden, welcher Geist versucht, einen Freund von mir zu töten und auf wessen Auftrag hin er das tut. Aufgrund der Umstände erschien es mir logisch, dass es die Queen gewesen sein könnte."

Samuel betrachtete mich mit einem gewissen Misstrauen. „Du meinst, dass sie ihre Macht für ruchlose Zwecke missbraucht haben könnte? Das wage ich zu bezweifeln."

Ich kniff die Augen zusammen und fragte mich, ob er es ernst meinte. „Du kannst doch nicht leugnen, dass Elizabeth anderen Schaden zugefügt hat? Baron von Sachsen-Krumpke zum Beispiel. Er wurde im Bloody Tower gefangen gehalten und musste dort bis zu seinem Tod schmachten."

„Vielleicht hat unsere hochgeschätzte Königin ihn einfach vergessen", entgegnete Samuel hartnäckig. „Denk an all die Staatsgeschäfte, denen sie sich täglich widmen musste. Unliebsame Höflinge hatten sicher keine hohe Priorität für sie."

Da war etwas dran.

„Glaubst du, sie hätte jemanden davonkommen lassen, der ihr, wie sie annahm, Unrecht getan hat?", fragte ich.

„Wahrscheinlich nicht. Aber ich denke, sie hätte einen ihrer Vertrauten gebeten, dieses Problem für sie aus der Welt zu schaffen, und der wiederum hätte seine eigenen Gefolgsleute dazu angewiesen. Die Königin wäre nicht zur Rechenschaft gezogen worden. Niemals."

„Stimmt, das hätte ich mir denken können."

„Es ist aber auch gut möglich, dass derjenige, dem sie die Aufgabe übertragen hatte, ihr später mitteilte, diese erfolgreich erledigt zu haben, selbst wenn dies tatsächlich nicht der Fall war. Mit der Königin durfte man es sich schließlich keinesfalls verscherzen, so viel ist sicher."

Na toll. Da stand ich nun und war so klug als wie zuvor.

Später, als ich auf dem großzügigen Bett in meinem Hotel lag, das zu einer nationalen Kette gehörte, fühlte ich mich ein bisschen verloren. Die frische weiße Bettwäsche wirkte leicht gräulich, sicher weil sie schon häufig gewaschen worden war, aber die Matratze war genau richtig, weder zu hart noch zu weich. In dem Zimmer, das eine angemessene Größe besaß, herrschten weiße, graue und kastanienbraune Töne vor – ein dezentes Farbschema. Zum Frühstück würden sie mir alles anbieten, was man sich nur wünschen konnte: ein englisches, französisches oder amerikanisches Frühstück und bestimmt auch eine Mischung aus allem.

Die Fotodrucke an der Wand zeigten Allerweltsmotive: ein Sonnenuntergang über der Themse, ein Sonnenaufgang über der Golden Gate Bridge, Winter in New York, Frühling in Paris. Harmlos, unverfänglich, nichtssagend. Das Ganze langweilte mich.

Der Kundenservice war professionell und effizient. Die Mitarbeiter des Hotels pflegten einen höflichen Umgang mit den Gästen, ohne aufdringlich oder betont freundlich zu sein. Ich wurde mir bewusst, wie unbedeutend mein Aufenthalt hier für das Hotel im Grunde war, dieser Profitmaschine, in die ich mich begeben hatte. Ich wurde bedient und bekam ein Zimmer zugewiesen, ohne dass sich wirklich jemand für mich als Gast interessierte.

Der ganze Tag hatte mich mit einer gewissen Melancholie erfüllt. Auf einmal kam mir das Leben noch kürzer und kostbarer vor.

Bill Briggs schien ein zufriedener Geist zu sein, der im Tod das fortführte, was ihm schon im Leben Freude bereitet hatte. Vielleicht galt das auch für Samuel Beere. Zu Lebzeiten hatte er zur Leibwache der Königin gehört, nun hütete er ihren Ruf. Sie hatten es offenbar nicht schlecht getroffen.

Aber der Baron? Er musste sich heute genauso herumquälen wie in den letzten Jahren seines Lebens. Er musste im Kerker schmoren, weil er eine machtgierige Königin verärgert hatte. Vielleicht hatte diese auch nur einen schlechten Tag gehabt, war in den Wechseljahren gewesen oder was auch immer. Und deswegen hatte er jahrelang im Bloody Tower eingesessen und war von der Welt vergessen worden, selbst von seiner eigenen Familie.

Ich erinnerte mich daran, wie liebevoll er über seine Kinder gesprochen und wie sehr er Luppitts Bemühungen, sie zum Lachen zu bringen, zu schätzen gewusst hatte. Nach meinem Eindruck bereute er das, was er damals getan hatte, zutiefst. Es waren völlig andere

Zeiten gewesen, in denen andere Regeln galten, und der Baron kam mir nicht wie ein offenkundig böser Mensch vor. Er hatte einen extrem hohen Preis für seine Starallüren bezahlen müssen.

Meine Gedanken wanderten zu den Geistern im Whittle Inn. Vor meinem inneren Auge sah ich, wie sie mit meinem Vater Cricket und Softball spielten und dabei den Rasen ruinierten. Ich dachte an Florence, wie sie fleißig den Küchenboden wischte oder in aller Frühe Feuer machte, noch bevor die anderen aufstanden. Und ich dachte an Gwyn und ihre stolze Art. Hochmütig und stur konnte sie sein, aber dennoch voller Leidenschaft für das Gasthaus.

Während ich so dalag, taten mir die Füße weh, als wäre ich den ganzen Tag von einer Touristenattraktion zur nächsten gerannt. Ich versuchte, die Energie aufzubringen, mir irgendwo etwas zu essen zu besorgen, konnte mich jedoch nicht aufraffen. Stattdessen grübelte ich weiter über die Tatsache nach, dass dieses Hotel all das verkörperte, was ich mir für mein schräges Gasthaus nicht wünschte.

Meine Gäste im Whittle Inn sollten das Gefühl haben, Teil von etwas Besonderem zu sein. Teil einer großen Geschichte, die über viele Jahrhunderte zurückreicht. Teil von etwas, das mir viel bedeutet und immer bedeuten wird. Und meine Geister waren ebenso ein wesentlicher Teil der Vergangenheit des Gasthauses und gehörten dazu, so wie die Eigenheiten des Gebäudes an sich. Es wäre doch töricht, wenn ich sie fortschicken würde.

Wenn ich sie nicht gehen lassen wollte, musste ich meine Zielgruppe überdenken, denn wenn meine zukünftigen Gäste ähnlich gestrickt waren wie Martin, Georgie und David, würde mich das vor große Probleme stellen.

Ursprünglich hatte ich am nächsten Morgen einen frühen Zug zurück nach Devon nehmen wollen, doch stattdessen kehrte ich zum Tower of London zurück.

Bill Briggs war überrascht, aber erfreut, mich wiederzusehen. Diesmal ließ ich mich auf seine Erzählungen ein und bat ihn, mir mehr über Anne Boleyn zu verraten. Wir spazierten durch Tower Green und er zeigte mir, wo genau sie bei ihrer Enthauptung gestanden hatte und wohin ihr Kopf gerollt war. Er erzählte mir auch noch ein paar andere Horrorgeschichten über weitere Hinrichtungen, denen ich aufmerksam lauschte.

Dann saßen wir schweigend nebeneinander auf einer Bank und beobachteten die Raben, bevor ich mich auf die Suche nach dem Baron machte. Ich hatte noch eine Frage an ihn. Eine einzige.

„Möchtest du hinübergehen, Baron? Darf ich dich bitten, auf die andere Seite zu wechseln?"

Als er mich dankbar ansah und sich seine Augen mit Tränen füllten, gab ich ihm einen kleinen magischen Schubs und befreite ihn aus der Hölle, in der er seit Jahrhunderten schmorte. Ich schickte ihn nach Hause, und dann verließ auch ich den Bloody Tower, der nun einen Geist weniger hatte.

Kapitel 17

Das Taxi setzte mich in der Einfahrt des Whittle Inn ab, und nachdem ich ausgestiegen war, hielt ich einen Moment inne, um das schiefe Gebäude liebevoll zu betrachten. Es war kaum zu glauben, dass es erst seit wenigen Monaten mir gehörte. Und dass ich schon drauf und dran gewesen war, es zu verkaufen. Hinten im Garten entdeckte ich meinen Vater, der offenbar versuchte, die Löcher im Rasen zu flicken, und so vertieft in seine Arbeit war, dass er mich nicht bemerkte. Ich würde später zu ihm gehen und ihm von meinem Ausflug erzählen.

Ich nahm einige tiefe Atemzüge und genoss, wie gut sich das anfühlte. In London war die Luft so voller Schadstoffe gewesen, dass ich jetzt das Gefühl hatte, diese aus meinen Lungen und von meiner Haut spülen zu müssen. Am liebsten wäre ich sofort in die Badewanne gesprungen, um mir den Dreck der Hauptstadt abzuschrubben und vielleicht auch, um einen kleinen Plausch mit Mr. Hoo zu halten. Das Einzige, was ich an London nach wie vor schätzte, war die Leichtigkeit, mit der man sich dort mit Bus und Bahn fortbewegen konnte. Was öffentliche Transportmittel anging, war Devon der reinste Albtraum, ohne Auto ging hier auf dem Land gar nichts. Ich musste mich unbedingt so bald wie möglich um einen Auffrischungskurs in einer Fahrschule kümmern und die praktische Prüfung ablegen. Und dann könnte ich vorerst Jeds alten Van nehmen.

Mit schwungvollen Schritten betrat ich das Gasthaus und stellte meine Tasche auf dem Boden ab. Zu meiner Überraschung fand ich Zephaniah mit einem Pinsel bewaffnet im Schankraum vor. Er war dabei, die Sockelleisten neu zu streichen, während Ned geschickt mit einer Putzkelle hantierte und eine Stelle neben dem Kamin ausbesserte, die beim Einreißen der Trennwand beschädigt worden war. Die Decke war frisch gestrichen und der Boden abgeschliffen worden. Unglaublich. Ich war nur ein paar Tage weg gewesen. Meine Cleanup-Crew hatte in meiner Abwesenheit ganze Arbeit geleistet!

„Wir haben uns deine Worte zu Herzen genommen", erklärte mir Zephaniah. „Wir wollen dir helfen, damit du hier bald loslegen und deinen Traum verwirklichen kannst. Ich hoffe, du bist zufrieden, Miss Alf."

„Oh, auf jeden Fall!" Ich war geradezu überwältigt. Die hölzerne Theke der Bar war auf Hochglanz poliert und alles blitzsauber geschrubbt worden, was zweifellos Florence' Verdienst war. Jetzt mussten noch die Wände gründlich gestrichen werden, und dann fehlten nur noch die Gläser und Bierkrüge, die Flaschen an der Wand hinter der Theke, die Kasse und die Zitronen- und Limettenscheiben, und es wäre perfekt. Ich warf einen kurzen Blick auf die Stühle und Tische, die gestapelt in einer Ecke standen. Die würde ich mir genauer ansehen und entscheiden müssen, ob sie noch zu gebrauchen waren. Vielleicht könnte ich sie mit Kreidefarben oder Möbellack aufpeppen. Zum Schluss noch ein paar Bilder an die Wand, und tada!

„Übrigens, Miss", unterbrach Zephaniah meine Überlegungen, „Mr. Kephisto wartet oben auf dich. Soll ich dir deine Tasche hochtragen?"

Ich machte mir eine gedankliche Notiz, dass ich jemanden brauchen würde, der das Gepäck der Gäste auf die Zimmer brachte.

„Nein danke, Zephaniah. Das schaffe ich schon", erwiderte ich und lächelte ihn an. „Du machst das gerade so toll mit dem Streichen, ich möchte dich nicht unterbrechen.“ Fröhlich kichernd schnappte ich mir meine Tasche und trabte die Treppe hinauf.

Mr. Kephisto hatte es sich in meinem Büro gemütlich gemacht und saß in dem abgenutzten Sessel neben meinem Schreibtisch und dem Sitzplatz von Mr. Hoo, der sich von dem alten Zauberer das Brustgefieder kraulen ließ. Als ich eintrat, stand Mr. Kephisto auf, um mich zu begrüßen. Ich umarmte ihn und rief nach Florence, die sogleich auftauchte. Wahrscheinlich war sie ganz in der Nähe gewesen, und nun strahlte sie mich an, sichtlich erfreut, mich zu sehen.

„Willkommen zu Hause, Miss. Tee und Kuchen?“

„Das wäre wunderbar. Danke, Florence.“

Sie entschwand, und ich ließ mich auf einen Stuhl sinken und spürte dem wohltuenden Gefühl der Vertrautheit nach, das ich in dieser Umgebung empfand, weil es hier Menschen aus der Vergangenheit und Gegenwart gab, die mir binnen kurzer Zeit sehr ans Herz gewachsen waren.

„War dein London-Trip erfolgreich?“, fragte Mr. Kephisto mit funkelnden Augen. „Du scheinst zufrieden zu sein.“

„Ich bin einfach nur froh, wieder zu Hause zu sein“, antwortete ich und streckte mich ausgiebig. So langsam ließen die Verspannungen in meinem Nacken und meinen Schultern wieder nach. „Wissen Sie, ich habe zwölf Jahre dort gelebt, aber jetzt würde ich nie wieder zurückgehen."

„Ein Verlust für London, aber ein Gewinn für Devon."

„Ich hatte vergessen, wie hektisch und schnelllebig die Welt sein kann. Wie anonym man in der Großstadt ist. Nur ein Gesicht unter vielen." Ich dachte an all die Geisterlichter, die ich im Tower of London und auf dem Gelände des Richmond Palace wahrgenommen hatte. In meinem Hotel waren es nur wenige gewesen, dafür umso mehr, als ich abends in der Nähe an der Themse entlanggegangen war.

„Ich war noch nie dort", gab Mr. Kephisto zu.

„Sie waren noch nie in London?", fragte ich ungläubig. „Nicht einmal in der Celestial Street?"

„Nein."

„Oder um Zauberer Shadowmender zu besuchen?"

„Nicht nötig. Er kommt immer zu mir."

„Wow. Wie alt sind Sie?" Einmal im Leben sollte man dort gewesen sein, dachte ich. Wie alt könnte er sein? In den Siebzigern wahrscheinlich.

„Alt. Sehr alt." Mr. Kephisto grinste schelmisch über meine unhöfliche Frage. „Älter als du denkst." Es klang nach einer langen Geschichte, und ich hätte gerne mehr erfahren, doch in diesem Moment kam Florence mit einem Tablett herein.

Ich bedankte mich bei ihr. „Hast du Grandma gesehen?“, fragte ich sie, weil es mich wunderte, dass Gwyn noch nicht aufgetaucht war.

Florence wich meinem Blick aus. „Sie sagte etwas von einem Koch, Miss Alf.“

„Oh.“ Ich schnalzte missbilligend mit der Zunge. Die Frau war wirklich nicht zu bremsen. Und offenbar fest entschlossen, es besser zu machen als ich. Na dann, viel Glück.

Florence verschwand wieder in der Küche, und Mr. Kephisto beugte sich vor, um sich eines von den kleinen Hefebrötchen mit Rosinen zu nehmen. „Mmh.“

„Wo waren wir stehen geblieben?“, fragte ich.

„Konntest du etwas über Luppitt herausfinden?“

„Nicht so viel, wie ich gehofft hatte. Es ist mir jedoch gelungen, Baron von Sachsen-Krumpke aufzuspüren. Armer Kerl. Er hat dort so lange ausharren müssen, in diesem schrecklichen Gefängnis.“ Mr. Kephisto schaute mich interessiert über den Rand seiner Brille an. Er würde das natürlich später aufschreiben und irgendwo in seinem Archiv aufbewahren. Ich erzählte ihm alles, was der Baron mir berichtet hatte.

„Er hat Luppitt nicht fair behandelt“, sagte ich, „aber trotzdem war seine Strafe zu hart.“

„Mit der Königin war damals nicht zu spaßen“, merkte Mr. Kephisto an.

„In der Tat.“ Ich nippte an meinem Tee, der viel besser war als alles, was man mir in den letzten Tagen vorgesetzt hatte. Niemand machte besseren Tee als Florence. Ich würde ihr eine Festanstellung für den Rest meines Lebens geben müssen. „Dann bin ich zu dem Gelände gelaufen, wo sich früher der Richmond Palace befand, und habe dort mit jemandem gesprochen, der damals zur Leibwache der Queen gehörte. Obwohl er ihr gegenüber sehr loyal war, habe ich das Gefühl, dass er mir die Wahrheit gesagt hat. Er hielt es für unwahrscheinlich, dass sie einen Groll gegen Luppitt hegte, schon gar nicht über ihren Tod hinaus.“

„Hm“, überlegte Mr. Kephisto, „aber wer könnte es dann sein, der eine solche Wut auf ihn hat?“

„Vielleicht der Sohn des Barons, allerdings habe ich keine Informationen über ihn oder darüber, was mit ihm passiert ist. Steht in Ihrer Chronik über die Familie von Sachsen-Krumpke etwas über ihn?“

„Ich werde noch mal einen genaueren Blick in die einzelnen Kapitel werfen“, meinte Mr. Kephisto und nickte. „Ich gebe dir Bescheid.“

„Der Baron sagte mir, dass seine ganze Familie wohl hinübergegangen sei, was hieße, dass sein Sohn wahrscheinlich nicht dahintersteckt.“

„Dann sind wir des Rätsels Lösung noch nicht nähergekommen. Wenn wir doch bloß wüssten, was

Luppitt nach der Verhaftung des Barons getan hat, ob er abgehauen ist oder was auch immer. Das könnte uns einen entscheidenden Hinweis liefern."

„Das ist es ja. Ich habe auf dem Heimweg im Zug darüber nachgedacht", sagte ich und verspürte eine unterschwellige Aufregung. Je mehr ich darüber nachdachte, desto klarer sagte mir mein Bauchgefühl, dass ich den richtigen Riecher hatte. „Der Baron nannte Luppitt den ‚Barden von Somerset'. Wie wir wissen, hatte er eine musische Begabung – er reimte, sang und musizierte. Die Kinder des Barons waren von seinen Gedichten und Gesängen begeistert, und so auch die Königin, obwohl der Baron Luppitts Lieder als seine eigenen ausgab." Ich knabberte an einem Hefebrötchen und gab Mr. Kephisto einen Moment, um darüber nachzudenken.

Mit dem Gebäckstück in der Hand deutete ich in Richtung von Luppitts Zimmer und fuhr fort: „Er musste irgendwie seinen Lebensunterhalt verdienen. Und an seine eigene Familie konnte er sich nicht wenden. Zudem hatte er wahrscheinlich nur wenige oder überhaupt keine Ersparnisse. Daher denke ich, er hat es am ehesten mit dem versucht, was er gut konnte – Musik und Gesang oder auch Schauspielerei. Vielleicht hat er sich einer Truppe von Bühnenkünstlern angeschlossen. Er war bekannt als der Barde von Somerset. Ich könnte mir vorstellen, dass er in dieser Gegend geblieben ist, oder auch in den umliegenden Grafschaften umherzog."

„Dein Vater fand ihn unweit von hier, an einer Kreuzung bei Exeter."

„Gallows Cross. Ganz genau."

„Du hast recht, er muss sich zumindest zeitweise in Devon aufgehalten haben. Ich denke, es dürfte für ihn von Vorteil gewesen sein, nie lange an einem Ort zu bleiben. So wäre es für diejenigen, die nach ihm suchten, deutlich schwerer gewesen, ihn zu finden, selbst wenn sie von der Queen höchstpersönlich geschickt worden wären."

Wir sahen uns an, und ich merkte, dass Mr. Kephisto das Gleiche dachte wie ich. Es lag nahe, dass Luppitt seinen Lebensunterhalt mit der Tätigkeit verdient hatte, die er am liebsten mochte. „Wie kann ich bloß mehr darüber erfahren?", grübelte ich. „Meinen Sie, in Ihren Archiven findet sich etwas dazu?"

„Mag sein", antwortete er, „aber ich weiß mit Sicherheit, dass es zu jener Zeit Truppen von Schauspielern und Musikern gab, die durch die Lande zogen. Sie übernachteten oft in Gasthäusern wie diesem ..."

„Ich frage mich, ob er damals schon einmal im Whittle Inn abgestiegen ist? Das Gasthaus muss zu jener Zeit noch recht neu gewesen sein."

„Es könnte noch Spuren geben, oder?"

„In Form von Geistern, meinen Sie?" Ich runzelte die Stirn. Mr. Kephisto nickte. Ich kramte in meinem Gedächtnis und versuchte, mir alle Geister, die das Gasthaus bewohnten, vor Augen zu rufen. Viele von ihnen kannte ich vom Sehen, aber einige waren etwas geheimnisvoller, oder ihre Lichter leuchteten schwächer, sodass man sie nicht so leicht wahrnehmen konnte, zumindest nicht, wenn man sich dabei rein auf seinen Instinkt verließ, so wie ich. Aber schließlich kannte ich eine Frau, die jeden Geist mit Leichtigkeit ausfindig machen konnte ...

Kapitel 18

Perdita blickte kurz auf, als ich The Nook betrat. Sie war gerade damit beschäftigt, sich durch einen Stapel mit Grafiken und Tabellen zu wühlen, und markierte die eine oder andere Stelle mit einem Textmarker. Der Elektro-Endoquero machte Überstunden, piepte und blinkte, und der Drucker spuckte Unmengen von Papier aus.

Chi, die sich auf einem riesigen Haufen zerknüllter Blätter eingerollt hatte, sah auf und gähnte mich an. Offensichtlich hatte ich sie in ihrer Ruhe gestört. Ich streichelte ihr über den Kopf.

„Wie läuft's?", fragte ich Perdita, die sich wieder ihren Tabellen zugewandt hatte.

„Hervorragend! Es gibt hier einige absolut faszinierende Daten, Alf. Ich habe verschiedene Infoblätter für dich zusammengestellt, zu jedem einzelnen Geist im Gasthaus und auf deinem Anwesen. Ich glaube, es sind dreiundsechzig oder vierundsechzig. Etwa ein Dutzend von ihnen hinterlässt nur sehr schwache Spuren, und weitere sieben legen weite Wege zurück und verbringen nur einen Teil ihrer Zeit hier."

„Weite Wege? Was meinst du?"

„Wie schon gesagt, der Elektro-Endoquero erfasst die Bewegungen der Geister und kann aufzeichnen, wann sie wohin gehen. Mich interessieren insbesondere spezielle Muster. Die Daten, die ich in den letzten Wochen gesammelt habe, zeigen, dass du hier eine Reihe von Geistern hast, die sich im Gasthaus und im Garten frei bewegen. Ein oder zwei wohnen in bestimmten Zimmern, andere halten sich nur auf dem Grundstück oder im Wald auf. Und es ist mir gelungen, sieben Geister aufzuspüren, die sich über die Grenzen deines Anwesens hinaus bis ins Dorf oder sogar darüber hinaus bewegen."

Nun war ich erst recht neugierig. „Das ist ja ein Zufall."

„Was meinst du?", fragte Perdita, ohne von ihren Zetteln aufzusehen.

„Es geht um Luppitt", sagte ich. „Ich habe da eine Theorie."

„Oh, ich liebe Theorien." Perdita warf mir einen kurzen Blick zu und diesmal erkannte ich einen Funken Interesse in ihren Augen.

„Das ist gut." Ich zog mir einen Stuhl heran. „Ich hoffe, du kannst mir helfen. Ich möchte herausfinden, ob einer unserer Geister Ende des sechzehnten Jahrhunderts Musiker, Dichter, Sänger oder Schauspieler war. Meine Theorie ist, dass diese Person Luppitt gekannt oder mit ihm zusammengearbeitet haben könnte."

„Meinst du, das könnte derjenige sein, der hinter ihm her ist?", fragte Perdita, deren Stimme nun vor Aufregung viel höher klang als sonst.

„Keine Ahnung", gab ich zu, „aber selbst wenn nicht, weiß er vielleicht mehr darüber, was mit ihm passiert ist."

Perdita nickte und wühlte in ihren Datenblättern, aus denen sie schließlich einige hervorzog. Diese prüfte sie erneut und sortierte fünf davon rasch wieder aus, sodass zwei übrig blieben. Sie legte sie vor uns auf den Tisch. Beide wimmelten nur so von grünen Zahlen, von denen ein paar fett gedruckt waren.

Mit dem beeindruckend manikürten fuchsiafarbenen Nagel ihres Zeigefingers zeichnete Perdita eine Linie für mich nach. Zuerst konnte ich nicht erkennen, worauf sie hinauswollte, aber als sie mich anwies, die Augen zusammenzukneifen, konnte ich zwischen den

Zahlen eine schwache Spur ausmachen. Die Zahlen schienen die Topografie der Landschaft darzustellen, und obwohl sie für mich nichtssagend waren, hatten sie für Perdita offensichtlich eine Bedeutung.

„Diese beiden hier sind ungewöhnlich", erklärte mir Perdita. „Das sind die längsten Geisterpfade, die ich in und um das Whittle Inn gefunden habe. Dieser hier", sie zeigte auf das Datenblatt auf der linken Seite, „verbringt viel Zeit im Wald und auf dem Außengelände des Gasthauses, aber ab und zu verschwindet er, und seine Spur verliert sich."

„Geht er ins Dorf?"

„Nein, er läuft weiter. Wohin er geht, liegt jenseits meiner Karten. Jenseits von Devon. Vielleicht noch viel weiter weg." Sie zeigte auf das Blatt auf der rechten Seite. „Der hier ist auch viel unterwegs, aber hauptsächlich in Süd- und Ost-Devon, Süd-Somerset und Dorset. Und gelegentlich anscheinend auch in Cornwall."

„Ist einer von ihnen alt genug, um der Geist zu sein, den ich suche?"

„Also, das kann ich mit meiner Ausrüstung nicht feststellen. Das wäre ein Fall für eine Geisterflüsterin wie dich." Ein Lächeln breitete sich auf ihrem Gesicht aus. Mir war klar, dass sie hoffte, ich würde sie zu einem Gespräch mit den Geistern einladen.

„Ach so, verstehe." Na schön, dann musste ich die Sache wohl selbst in die Hand nehmen. „Glaubst du, es lohnt sich, mit ihnen zu reden?"

„Wenn du sie aufspüren kannst, ja."

„Hast du eine Ahnung, wo sie sind?" Ich warf einen Blick auf den Elektro-Endoquero, in der Hoffnung, er könnte ein wenig Licht ins Dunkel bringen.

„Wie es der Zufall will, sind sie nicht allzu weit weg." Perdita zog das Gerät zu sich heran und tippte auf ein paar Tasten, die einen Punkt aufleuchten ließen. „Nummer eins befindet sich ganz in der Nähe. Schau mal, das ist das Gasthaus und das hier die Grundstücksgrenze ... Siehst du?" Sie deutete eine Linie auf dem Bildschirm an.

„Ja", erwiderte ich zögerlich, konnte ihr jedoch nicht recht folgen.

„Der Erste ist also im Garten."

„Super. Und der Zweite?"

„Das ist ein bisschen kniffliger." Sie gab irgendetwas auf ihrer Tastatur ein, drückte Enter und wartete. „Oh, halb so wild. Er scheint einer Route zu folgen, die er schon einmal genommen hat. Das kommt mir bekannt vor. Letzte Nacht war er ..." Sie studierte das Blatt mit den grünen Zahlen. „... in Abbotts Cromleigh? Ja. Und heute Abend wird er ... hier sein."

Ich betrachtete die Karte genauer. Die Zahlen endeten abrupt. „Da ist das Meer“, erklärte mir Perdita freundlich. „Heute Abend wird er in Durscombe sein. Kennst du das?“

„Ein Küstenstädtchen, nicht allzu weit von hier. Als ich ein Kind war, haben wir öfter einen Ausflug dorthin unternommen.“

Perdita nickte zufrieden, als ob sie mir gerade die Antworten auf all meine Fragen geliefert hätte.

„Lass uns den Geist im Garten suchen, ja?“, schlug ich vor, und sie grinste wie ein Honigkuchenpferd, so sehr freute sie sich, dabei sein zu dürfen.

Einem so jämmerlich aussehenden Geist wie Arthur Grubbe war ich noch nie zuvor begegnet. Er kauerte auf einem Baum und starrte misstrauisch auf mich herab. „Was willst du?“, bellte er. Chi, die Perdita auf dem Fuß gefolgt war, bellte zurück, als wolle sie ihn ermahnen: „Pass auf, was du sagst“.

„Ich möchte dir nur ein paar Fragen stellen“, antwortete ich ruhig, und Perdita nickte mir ermutigend zu.

„Vielleicht möchte ich dir aber nicht antworten.“ Er

spitzte seine spröden Lippen und spuckte auf den Boden, wobei seine Zähne zum Vorschein kamen. Mir fiel auf, dass die meisten seiner Vorderzähne fehlten und die restlichen ziemlich schwarz und faul aussahen. Er gab ein merkwürdiges Bild ab mit seiner übel verschmutzten Kleidung und dem langen, fettigen Haar. Seine Haut wirkte fahl und faltig, sodass ich ihn wahrscheinlich auf Mitte sechzig geschätzt hätte, aber seine Haare waren noch kein bisschen grau, was darauf schließen ließ, dass er jünger sein musste. Bisher wusste ich noch nichts über ihn, außer seinem Namen.

„Ich kann dir versichern, dass du nicht in Schwierigkeiten steckst", rief ich ihm zu, und seine Augen verengten sich.

„Das sagen sie alle", murmelte er.

„Ich meine es ernst. Hör zu, ich werde nicht viel von deiner Zeit in Anspruch nehmen, und wenn du willst, kannst du danach mit ins Gasthaus kommen." Ich deutete auf das Whittle Inn hinter uns.

Er warf einen Blick auf das alte Gebäude und dann wieder zu mir hinunter. „Ich darf da nicht hinein, hat der Hausherr gesagt."

Ich fragte mich, auf welchen Hausherrn er sich bezog. Es hätte jeder sein können, der das Gasthaus in den letzten vier- oder fünfhundert Jahren geführt hatte.

„Es gibt keinen Hausherrn mehr. Jedenfalls keinen lebendigen. Es ist jetzt mein Gasthaus. Und wenn ich sage, dass du reinkommen kannst, dann ist das so“, versicherte ich ihm und hielt ihm die Hand hin, als ob er sie nehmen und ich ihm vom Baum herunterhelfen könnte.

Schließlich sprang er von selbst herunter. Er war ein relativ kleiner Mann, vielleicht einen Meter siebzig groß, und musterte Perdita und mich zunächst eingehend. Dann nickte er, als sei er nun überzeugt, dass er von uns nichts zu befürchten hatte.

„Was kann ich für euch tun, meine Damen?“, fragte er und nahm seinen Hut ab.

„Kennst du Luppitt Smeatharpe?“ Ich beschloss, direkt zur Sache zu kommen.

„Ich weiß, dass er hier ist. Jeder weiß das.“

Das schien also längst kein Geheimnis mehr zu sein, dachte ich. Kein Wunder bei dem Lärm, den Luppitt mitunter veranstaltete.

„Hast du ihn früher gekannt, zu deinen Lebzeiten?“, erkundigte ich mich.

„Nicht wirklich.“ Arthur zog den Kopf ein, und ich bemerkte, dass er nervös zuckte.

„Was soll das heißen?“

„Das heißt, ich bin ein bisschen herumgezogen, und er ist ein bisschen herumgezogen.“

Ich verstand immer noch nicht, wie er das meinte.

„Aber nicht zusammen?“, fragte Perdita.

„Genau.“ Arthur grinste Perdita an, und ich musste mir beim erneuten Anblick seiner schwarzen Zähne eine Grimasse verkneifen. „Genau so war es, Madam.“

„Und was genau hast du gemacht, als du ‚herumgezogen‘ bist?“, erkundigte ich mich, woraufhin Arthur wieder den Kopf senkte und extrem verlegen wurde.

„Ach, ein bisschen dies, ein bisschen das.“

„Du hast gewildert?“, vermutete Perdita.

„Irgendwie muss man schließlich über die Runden kommen.“

„Dafür hätte man dich hängen können“, sagte ich ohne einen Vorwurf in der Stimme, musste jedoch sofort an die armen Schlucker denken, denen ich in den letzten Tagen im Tower begegnet war.

„Nur wenn man sich erwischen lässt“, entgegnete Arthur und sah mich trotzig an. Ich spürte, dass sein Misstrauen mir gegenüber wieder zunahm.

„Ich bin froh, dass du nicht erwischt wurdest“, sagte ich rasch, um die Wogen zu glätten. Arthur schniefte. „Und was ist mit Luppitt?“, hakte ich nach. „Er war doch wahrscheinlich kein Wilderer, oder?“

„Ach du liebe Zeit, neiiin!“ Darüber amüsierte Arthur sich so köstlich, dass er in ein nicht enden wollendes Gelächter ausbrach. Seine Lache klang tief und rau, und zwischendrin gluckste er wie ein verstopfter Abfluss, bis er uns schließlich keuchend erklärte: „Er gehörte zu einer Gruppe von wandernden Spielleuten. Sie traten überall auf. Hin und wieder habe ich sie gesehen, meist auf irgendwelchen Märkten. Ich für meinen Teil hielt mich meistens in den Wäldern auf, wo man mich nicht sah. Aber diese Musikanten brauchten natürlich ein Publikum, um sich etwas zu verdienen. Man traf sie dort an, wo etwas los war. Immer." Arthur drehte seinen Hut in den Händen. „Ich hatte nie viel mit ihnen zu tun, außer einmal in einem grimmigen Winter – meinem letzten – als ich wirklich vom Pech verfolgt war und dieser eine Spieler – er hatte eine Laute dabei – mir einen Krug Bier und etwas zu essen spendierte."

„Das war nett", sagte ich.

„Ja, das war es. Er war der Anführer von ihnen, glaube ich."

„Kannst du dich an seinen Namen erinnern?"

Arthur schüttelte den Kopf, seine Augen funkelten spitzbübisch. „Nein. Aber die Gruppe war als die Devonshire Fellows bekannt, das weiß ich noch."

„Haben sie jemals im Whittle Inn gespielt?", fragte ich, und Arthur zuckte mit den Schultern.

„Kann sein, aber ich habe sie nie hier gesehen.

Damals war das Gasthaus noch nicht sehr bekannt. Und das Dorf bestand nur aus ein paar Häuschen. Dafür war der Wald wirklich beeindruckend, größer als heute, und es gab viel Wild. Einer meiner Lieblingsorte.“

„Okay, vielen Dank für deine Auskünfte“, sagte ich.

„Gern geschehen, meine Damen“, antwortete er und warf Perdita ein leicht anzügliches Grinsen zu. Chi knurrte ihn an.

„Denk dran, Arthur, du bist im Gasthaus jederzeit willkommen.“

„Das ist sehr freundlich von dir, Miss“, entgegnete Arthur und setzte sich seinen Hut auf, „aber ich habe mein Leben im Freien verbracht und bin im Freien gestorben, und da bleibe ich auch.“

Ich lächelte. Das war nur verständlich. „Dann sag doch einfach mal kurz hallo, wenn du das nächste Mal hier vorbeikommst“, antwortete ich und ging mit Perdita zurück zum Gasthaus.

„Dann müssen wir wohl nach Durscombe“, sagte ich zweifelnd.

„Es scheint nicht weit weg zu sein.“ Perdita warf einen Blick auf ihre Karte mit den Nummern.

„Ist es auch nicht, zumindest nicht Luftlinie. Aber es

gibt keine öffentlichen Verkehrsmittel bis dahin. Wir könnten uns ein Taxi nehmen."

„Lass uns fahren", schlug Perdita vor.

„Ich habe kein Auto."

„An der Seite des Gasthauses steht ein Lieferwagen", wandte Perdita ein.

„Ach der."

„Er sieht nicht so aus, als wäre er komplett Schrott."

„Er läuft", sagte ich. „Also, vor ein paar Wochen lief er noch."

„Dann wäre das doch geklärt."

Ich schüttelte den Kopf. „Ich habe keinen Führerschein, bin damals durch die praktische Prüfung gerasselt."

Perdita griff nach ihrer Handtasche und holte ihr Portemonnaie hervor. Kurz darauf hielt sie mir einen kleinen, kreditkartengroßen Ausweis unter die Nase. „Tja, ich habe einen."

„Hey, super! Wäre es okay für dich, mit mir nach Durscombe zu fahren?"

„Oh, ich werde dieses Auto nicht fahren." Sie verzog das Gesicht, als ob es unter ihrer Würde wäre, sich ans Steuer eines solch schmuddeligen Gefährts zu setzen. „Ist es nicht laut Gesetz so, dass jemand, der nur die Fahrprüfung nicht bestanden hat, trotzdem mit einer Begleitperson fahren darf, wenn diese einen gültigen Führerschein besitzt?“

Mir blieb der Mund offen stehen. Von dieser Regelung hatte ich noch nie etwas gehört. „Das ist sicher nicht erlaubt, das geht nicht. Außerdem habe ich schon seit Jahren nicht mehr am Steuer gesessen.“

„Ich meine, das ist kürzlich geändert worden. Und außerdem hast du gesagt, du wärst vor ein paar Wochen mit der Kiste gefahren.“

„Nur um die Ecke!“

„Na bitte, das reicht doch.“ Perdita lächelte. „Chi und ich werden unsere Jacken holen.“

Das nannte man dann wohl eine Feuertaufe. Schon als ich versuchte, den Van zu starten, schlug mir das Herz bis zum Hals. Die nächste Schwierigkeit war das Schalten. Den zweiten Gang bekam ich nur mit Mühe rein, und dann vergaß ich, wieder den ersten Gang einzulegen, als ich am Ende der Einfahrt zum Gasthaus auf die enge Landstraße abbiegen wollte.

Zu meinem Glück begegneten wir anfangs keinen anderen Autos, sodass ich ein wenig Zeit hatte, Vertrauen zu fassen und mir selbst einzureden, dass ich das schaffen konnte. Bis mir ein anderer Wagen entgegenkam und ich sofort in Panik geriet. Die Fahrbahn war so schmal hier, dass zwei Autos kaum aneinander vorbei passten. Ich streifte die Hecke am Rand, und Perdita drückte mit einer Hand Chi an ihre Brust, während sie sich mit der anderen die Augen zuhielt.

„Du kannst den Job hier gerne übernehmen", jammerte ich, doch Perdita gab mir zu verstehen, dass ich weiterfahren solle. Sie hielt ihr Hündchen fest umklammert und zuckte jedes Mal zusammen, wenn ich den Büschen, Bäumen und sonstigen Hindernissen am Rande der Fahrbahn zu nahekam.

„Was soll's?", seufzte ich nach einer besonders kratzigen Begegnung mit einem Dornengebüsch. „Nicht mein Auto, nicht mein Problem."

Nach einer Weile empfand ich sogar eine gewisse Genugtuung darüber, mich auf diese Weise an Jed rächen zu können. Als wir auf dem Weg zur Küste eine breitere Straße erreichten und diese mit fünfzig Stundenkilometern entlangtuckerten, obwohl achtzig erlaubt waren, musste ich laut auflachen über die Komik der Situation. Wahrscheinlich würde ich Jeds Wagen bei diesem Ausflug zu Schrott fahren, und er konnte nichts dagegen tun. So ein Pech aber auch! Na ja, er brauchte das Auto anscheinend ohnehin nicht mehr, wo auch immer er war, oder?

Je besser ausgebaut die Straßen wurden, desto leichter fiel mir das Fahren. Perdita saß nun ruhig neben mir, summte Chi etwas vor und beobachtete hier und da irgendwelche Dinge, die nur sie selbst zu sehen schien. Ein oder zwei Mal atmete sie scharf ein, wenn ich zu nah an den Rand oder über die weiße Mittellinie fuhr, wenn es denn eine solche gab, aber meistens behielt sie ihre Bedenken für sich. Chi kläffte einmal, als ich einen Bordstein touchierte, aber mit der Zeit bekam ich den Dreh immer mehr raus. Selbst das Hoch- und Runterschalten im Zusammenspiel mit Gas und Bremse klappte jetzt nahezu reibungslos, nachdem ich die erste Viertelstunde ordentlich durch die Gegend geruckelt war. Inzwischen lief der Wagen deutlich runder.

Um kurz nach sechs erreichten wir Durscombe. Ein paar Leute schlenderten die Promenade entlang, das Meer schwappte ruhig an den Kiesstrand, und ich genoss die frühabendliche Stimmung mit den Klippen im Hintergrund. Eine friedliche Szene in einem verschlafenen Städtchen. Es wirkte so, als könnte an diesem Ort niemals etwas Schlimmes geschehen.

Die Besucherparkplätze waren größtenteils leer, sodass ich den Van problemlos abstellen konnte, ohne mich zwischen zwei andere Autos in eine enge Lücke quetschen zu müssen. Nachdem Perdita mit Chi ausgestiegen war, klopfte ich mir innerlich auf die Schulter für meine Leistung. Gar nicht so schlecht.

Dann kletterte ich erleichtert aus dem Wagen, hielt mich an der Tür fest und atmete tief die Seeluft ein, bis meine Knie aufhörten zu zittern, während Perdita ihre Geisterkarte studierte. „Es ist nicht weit", sagte sie und ging zielstrebig voraus in eine schmale Gasse, die hinter dem Parkplatz begann. Wir gingen bis zu einem reetgedeckten Gebäude mit einem hübschen Biergarten davor, von dem man einen netten Ausblick auf die Promenade und den dahinter liegenden Strand hatte.

„The Blue Bell Inn" stand auf dem Schild über dem Eingang, „Bierspezialitäten, Spirituosen und leckeres Essen seit 1492", las ich laut vor. „Das ist ein gutes Alter. Womöglich war es früher ein Pub für die Fischer."

„Hier ist ganz schön was los", merkte Perdita an, als wir uns ins schummerige Innere des Ladens begaben. Ich wusste sofort, dass sie damit die Geister meinte, die hier herumschwirrten. Das geschwärzte Holz und die niedrigen Decken in Kombination mit den weiß getünchten Wänden erinnerten mich an das Whittle Inn. An den Wänden hingen einige Kupferstiche, und Zinnkrüge über dem Tresen. Das war genau der Stil, wie er mir für das Whittle Inn vorschwebte – traditionell, gemütlich und auf eine altmodische Weise charmant.

„Guten Abend, die Damen", dröhnte ein rundlicher

Herr, der hinter der Theke stand. „Was kann ich für Sie tun?“

Ich sah Perdita an. „Das geht auf mich. Was möchtest du?“ Sie entschied sich für einen Blood on the Streets, und mich schüttelte es innerlich, während der Barkeeper das Monstrum von einem Cocktail aus Whisky, Dry Orange Curacao, Sodawasser und Grenadine auf zerstoßenem Eis zubereitete. So sehr ich auch versucht war, einen doppelten Brandy zu bestellen, um meine Nerven nach meiner ersten Autofahrt seit Jahren zu beruhigen, ging ich lieber auf Nummer sicher und entschied mich stattdessen für einen Orangensaft.

Ich bezahlte die Getränke und machte mich auf die Suche nach Perdita, die irgendwohin entschwunden war. Der Pub bestand aus einem Gewirr an Räumen, einige groß wie die Bar vorne und andere kleiner, die mich an The Nook und The Snug in meinem eigenen Gasthaus erinnerten. Ich fand sie schließlich im größten der Hinterzimmer, in dem trotz des milden Wetters ein Feuer im Kamin brannte. An einem der Tische saß ein Pärchen, die Frau in ihr Handy vertieft, der Mann in eine Zeitung. Sie blickten nicht auf, als wir uns auf eine Holzbank an der Wand setzten und Chi sich zwischen Perditas Füßen niederließ.

„Sieh mal“, sagte sie, aber ich hatte die Geisterlichter, auf die sie deutete, schon bemerkt. Es waren insgesamt fünf, alle ungefähr gleich groß, aber in leicht unterschiedlichen Farben. Ich stellte Perditas Getränk ab, und sie forderte mich mit einem Nicken auf, die Geister herbeizurufen.

Bingo!

Die Gestalten, die vor uns auftauchten, trugen Kleidung, die an Luppitts Outfit erinnerte, jeweils mit einer riesigen Halskrause, kurz geschnittenen Stoffjacken, unter denen puffärmelige Hemden hervorschauten, hautengen Hosen und Stiefeln mit Holzsohlen. Zwei der Musiker spielten Fiedeln, einer eine Laute und einer eine Blockflöte. Der fünfte hatte verschiedene Schlaginstrumente vor sich, die anscheinend selbst gemacht waren.

Als ihre Gestalt sichtbarer wurde, vernahm ich auch ihre Musik, leicht und beschwingt, mit einem flotten Rhythmus, zu dem mein Fuß sogleich mitwippte. Sie hatten sich in einer Ecke des Raumes aufgestellt, um für ihr Publikum zu spielen, das damals bestimmt zahlreicher war, denn jetzt konnte sie natürlich niemand außer uns sehen und hören.

Als sie mit dem Stück fertig waren, applaudierten Perdita und ich. Das Paar an dem anderen Tisch blickte zu uns herüber und schien etwas verwirrt über unser plötzliches Geklatsche. Ich lächelte ihnen zu, richtete meine Aufmerksamkeit dann jedoch wieder auf die Musiker.

Sie schauten in unsere Richtung und verbeugten sich, also winkte ich sie herbei. Nur einer kam, die anderen begannen ohne ihn mit einer weiteren fröhlichen Melodie. Es war der Lautenspieler, der nun vor uns stand. Er wirkte etwas älter als die anderen, hatte silbriges Haar und leichte Falten um Augen und Wangen. Er war ein heiterer Kerl mit einem offenen Lächeln.

„Freut mich, dich kennenzulernen“, sagte ich. „Ich bin Alfhild Daemonne, und das ist Perdita Pugh. Wir würden gerne mit dir reden, wenn das in Ordnung ist.“

Der Mann deutete auf die Band hinter ihm: „Wir werden nur bezahlt, wenn wir spielen“, erklärte er.

„Es wird nicht lange dauern, versprochen.“

Er nickte und setzte sich zu uns. Aus den Augenwinkeln sah ich, wie das andere Paar zu mir hinüberglotzte und mich bei meinem vermeintlichen Selbstgespräch beobachtete.

„Ich bin Robert Wait, und zusammen sind wir die Devonshire Fellows. Wir sind Musiker, Dichter, Sänger und Schauspieler. Zu euren Diensten, meine Damen. Wie kann ich euch behilflich sein?“

„Sagt dir der Name Luppitt Smeatharpe etwas?“, fragte ich und rechnete eigentlich nicht damit, dass er ja sagen würde. Schließlich waren bis jetzt alle Versuche, die ich gestartet hatte, im Sande verlaufen, doch dann traute ich meinen Ohren kaum. Roberts Augenbrauen schossen in die Höhe, und er starrte mich überrascht an.

„Luppitt? Der gute Luppitt? Aber ja! Ja natürlich! Weißt du, wo er sich aufhält?"

„Ja, das weiß ich", sagte ich ein wenig zurückhaltend, denn zu Luppitts eigenem Wohl wollte ich zunächst nicht zu viel verraten.

Robert stand auf und winkte die anderen Musiker herbei, die ihn irritiert ansahen. Nach und nach ließen sie alle ihre Instrumente sinken, bis auf den Blockflötenspieler, der mit geschlossenen Augen spielte und so vertieft war, dass er nicht merkte, was um ihn herum geschah. Sanft klangen die Töne seiner Musik durch den Raum.

„Leute!", rief Robert, „diese Frau behauptet, Luppitt und seinen Aufenthaltsort zu kennen. Was sagt ihr dazu?" Der Geigenspieler klopfte seinem Kollegen mit der Blockflöte auf den Arm, und die Musiker tauschten vielsagende Blicke untereinander aus.

Für einen Augenblick herrschte Stille, die schließlich durch den Jubelschrei des Fiedlers durchbrochen wurde. „Das gibt's doch nicht!", rief er quer durch den Raum. „Na endlich!"

Der Mann mit den Schlaginstrumenten, ein kleiner, rundlicher Kerl mit einer Glatze, ließ seine Instrumente mit lautem Geklapper fallen und kam an unseren Tisch geeilt. Er strahlte vor Freude, schaute gen Himmel und schlug aufgeregt die Hände über dem Kopf zusammen. „Wir haben ihn gefunden! Wir haben ihn gefunden! Du hast ja keine Ahnung, wie lange wir schon nach ihm suchen. Seit Jahren! Wir wussten, dass er irgendwo da draußen ist. Kannst du uns zu ihm bringen? Bitte! Würdest du das für uns tun?“

Kapitel 19

Die Hinfahrt nach Durscombe war ja schon anstrengend gewesen, aber das war nichts im Vergleich zum Rückweg. Nachdem sich auch die anderen Musiker vorgestellt hatten – der langhaarige Geigenspieler war Roberts Bruder William, der Schlagzeuger Napier Harrow, John Bond der zweite Fiedler und Stephen Arcott spielte neben anderen Blasinstrumenten die Blockflöte – gingen wir alle zusammen hinaus, und ich führte sie zu unserem Wagen. Perdita saß vorne neben mir, mit Chi auf dem Schoß, und klammerte sich an der Tür fest, die wandernden Musikanten mussten hinten zwischen Jeds Werkzeugen Platz nehmen. Für sie war dieses motorisierte Fortbewegungsmittel ein absolutes Novum, wie für mich in gewisser

Weise auch, und ich bin mir ziemlich sicher, dass sie leichenblass geworden wären, wenn Geistern das möglich wäre.

Die Straßen schlängelten sich in vielen Kurven die steilen Hügel hinauf und wieder hinab. Ich bemühte mich um einen ruhigen Fahrstil, aber es war dunkel geworden, während wir im Blue Bell Inn gesessen hatten, und jedes entgegenkommende Fahrzeug blendete mich so sehr, dass ich anhalten musste und den Van danach mehrfach abwürgte und wieder mit dem Schalten haderte. In meinem Magen rumorte der verfluchte Orangensaft, und ich schwor mir, mich nie mehr im Leben ans Steuer eines Autos zu setzen.

Für die gut zwanzig Kilometer brauchten wir etwa vierzig Minuten, aber schließlich rollte der Wagen zur großen Erleichterung aller Beteiligten über die gekieste Auffahrt des Whittle Inn, und ich parkte vor dem Eingang. Frustriert stellte ich den Motor ab, stieg mit zitternden Knien aus und widerstand dem Drang, den Zündschlüssel mit Karacho in die Büsche zu werfen, damit ich ihn nie wieder benutzen müsste.

Auch die anderen kletterten aus dem Wagen und sahen alle ein wenig seekrank aus. Aber ich ließ mir nichts anmerken, nahm die Schultern zurück und drückte den Rücken durch. Immerhin war ich hier die

Chefin und musste meinen Leuten vermitteln, alles unter Kontrolle zu haben.

Ich bat die Neuankömmlinge herein und schaltete ein paar Lichter in der Bar ein. Die Wände waren gerade frisch verputzt worden und mussten langsam aushärten, weshalb ich im Moment kein Feuer machen konnte. Der Raum fühlte sich recht kalt an, und mir war klar, dass ich die Musiker woanders unterbringen musste. Perdita und Chi eilten voraus und verschwanden in einem der Separees oder in der Küche, und ich beschloss, die anderen mit nach oben in meinen Wohnbereich zu nehmen.

Wie von Zauberhand erschien Florence und zündete geschickt das Feuer in meinem Wohnzimmer an. „Kann ich dir noch etwas bringen?“, erkundigte sie sich.

„Einen Brandy“, sagte ich, noch immer innerlich zitternd von der turbulenten Fahrt, „einen großen, bitte.“

Die Musiker standen unschlüssig beisammen, bis ich sie aufforderte, es sich bequem zu machen. „Willkommen im Whittle Inn“, sagte ich zu ihnen. „Ihr seid hier jederzeit herzlich willkommen. Wart ihr schon mal hier?“

Sie tuschelten kurz miteinander, dann schüttelte Robert, der offenbar so was wie der Sprecher der

Gruppe war, den Kopf und erklärte mir: „Nein, Mylady. Wir hatten von diesem Gasthaus gehört, und wir hätten vermutlich auch hier gespielt, wenn man uns eingeladen hätte und wenn die Dinge anders verlaufen wären."

Napier, der kleine Rundliche mit der Glatze, schüttelte traurig den Kopf. „Der Verlust von Luppitt war ein schrecklicher Schlag für die Devonshire Fellows. Er war unser Star, unsere Hauptattraktion."

„Und unser Bruder", fügte William, der langhaarige Fiedler, hinzu, und alle nickten zustimmend.

„Ist er hier?", fragte Robert gespannt.

„Ja."

Florence erschien mit meinem Brandy, den ich in einem Zug hinunterstürzte. Er brannte in der Kehle, und ich verzog das Gesicht. „Könntest du mir die Flasche bringen?", bat ich sie, woraufhin sie die Augenbrauen hochzog und wieder verschwand.

„Er ist hier", fuhr ich fort, „aber er ist schwer traumatisiert. Irgendjemand hat es auf ihn abgesehen und ..."

„... bringt ihn immer wieder um", beendete Robert den Satz für mich.

Überrascht sah ich ihn an. „Woher weißt du das?"

„Wir sind nicht nur eine Band, sondern auch eine Bruderschaft. Wir haben uns geschworen, auch nach dem Tod zusammenzubleiben. Irgendwann ist einer nach dem anderen von uns aus dem Leben geschieden, aber wir haben uns alle wiedergetroffen und spielen nun weiter als die Devonshire Fellows – Brüder für alle Ewigkeit."

„Wir haben seinen Tod miterlebt, immer und immer wieder, bis er eines Tages nicht mehr zurückkam", fügte Napier betroffen hinzu.

„Wartet mal", entfuhr es mir, während sich die Gedanken in meinem Kopf überschlugen. Endlich schienen wir der Wahrheit zum Greifen nahe zu sein. „Luppitt muss diese Geschichte auch hören. Ich werde versuchen, ihn aus seinem Versteck zu locken. Er ist sehr verzweifelt und traut niemandem. Außerdem leidet er an Gedächtnisschwund, wahrscheinlich durch die vielen schlimmen Ereignisse, die er durchgemacht hat."

Die Musiker sahen betreten aus. „Ich weiß nur, dass er ein Geist mit gebrochenem Herzen ist, der ein bisschen liebevolle Zuwendung braucht. Ihr könnt ihm bestimmt helfen", erklärte ich ihnen. „Ich gehe ihn holen." Auf dem Weg hinaus drehte ich mich im Türrahmen noch einmal zu ihnen um. „Könnt ihr etwas spielen, bitte? Etwas Fröhliches, wie im Blue Bell Inn, als Perdita und ich euch gefunden haben. Vielleicht wird ihn das dazu bewegen, aus seinem Versteck zu kommen."

Robert nickte, und die Männer begannen, ihre

Instrumente aufzubauen. Während ich über den Flur ging, hörte ich, wie William seine Fiedel stimmte und ein paar schnelle Tonleitern spielte. Kurz darauf erklang Napiers Trommel, die einen flotten Takt vorgab, und dann erfüllte eine heitere Tanzmusik das Gasthaus mit neuer Energie.

Als ich die Tür zu dem Raum öffnete, in dem Luppitt sich versteckt hielt, sah ich zahlreiche Geister um mich herum auftauchen. Sie kamen aus den Wänden und durch die Türen der anderen Gästezimmer herbeigehuscht. Zephaniah, der auf dem Bett in Luppitts Zimmer lag und offensichtlich Wache hielt, sprang auf, als ich eintrat.

Ich machte den Kleiderschrank auf und spähte hinein. Luppitt schaute aus seiner zusammengekauerten Position zu mir hoch, wie immer mit Tränen in den Augen. Aber dieses Mal legte er den Kopf schief wie ein süßes Hündchen, als die Musik an sein Ohr drang.

„Ich habe eine Überraschung für dich, Luppitt", sagte ich mit leiser und sanfter Stimme. „Willst du sie dir ansehen?"

„Ist es sicher?", flüsterte er.

„Also, um ehrlich zu sein", begann ich, „hundertprozentig garantieren kann ich es dir nicht, aber ich hoffe es natürlich. Und glaub mir, wir alle hier sind bei dir." Ich streckte die Hand aus und wünschte mir, ich könnte die seine ergreifen. Er richtete sich auf und kletterte langsam aus dem Kleiderschrank heraus. Dann stand er neben unserem Kriegsveteranen Zephaniah, der ihn um einen Kopf überragte, und beide lauschten gebannt der Musik.

„Kommt!“, forderte ich sie auf, „folgt mir.“ Am Ende des Flurs, vor der Tür zu meinen Gemächern, hatte sich tatsächlich eine Schlange von Geistern gebildet, die darauf warteten, hineinzukommen. Ich drängelte mich durch sie hindurch, was für mich ein Leichtes war, doch nicht so für Luppitt und Zephaniah, die sich an den anderen vorbeiquetschen mussten.

Verstohlen beobachtete ich, wie Luppitt den Raum betrat. Als er die Musiker erblickte, lüftete er die Kapuze seines Mantels, unter der er sein Gesicht verborgen gehalten hatte. Seine Miene erhellte sich, plötzlich strahlten seine Augen, und eine große Last schien von ihm abzufallen. Mir ging das Herz auf. Er öffnete den Mund, doch es hatte ihm wohl die Sprache verschlagen. Dann hob er die Hände, als wolle er seine Brüder aus der Ferne umarmen, und fiel auf die Knie. Erneut liefen ihm Tränen über die Wangen, doch dieses Mal waren es Freudentränen, das konnte ich noch sehen, bevor die Musik verstummte und Luppitt von den Devonshire Fellows umringt wurde.

„Und jetzt erzähl mir alles“, forderte ich unseren Barden wenig später auf, als sich die Brüder beruhigt hatten und die Tränen versiegt waren. Der Brandy verlieh mir ein wohlig warmes Gefühl der Zufriedenheit, und nun war ich gespannt darauf, die ganze Geschichte von Luppitt zu hören.

Er dachte angestrengt nach und rieb sich den Kopf, wie ich es schon oft bei ihm gesehen hatte, aber dieses Mal konnte er sich an viel mehr Einzelheiten aus seiner Vergangenheit erinnern. Wenn er hin und wieder ins Stocken geriet, bat er seine Freunde um Unterstützung.

„Ich wurde an den königlichen Hof beordert. Dort gab ich die Vorstellung meines Lebens, eine großartige Show, aber die Queen wurde sehr wütend“, begann Luppitt. „Es stellte sich heraus, dass dem Baron ein furchtbarer Fehler unterlaufen war. Er hatte völlig unterschätzt, welche Folgen es haben würde, der Königin vorzugaukeln, er habe die Lieder und Gedichte selbst geschrieben, obwohl sie von mir stammten. Aber ich hatte nur getan, was er von mir verlangte. Er wollte, dass ich unterhaltsame Verse und Lieder für ihn verfasse, und ich habe seinem Wunsch Folge geleistet. Was hätte ich sonst tun sollen? Ich stand in seinem Dienst.“ Luppitt schüttelte den Kopf.

„Ich konnte ihn nicht verraten und hatte Angst davor, dass die Sache ans Licht kommen würde. Und dann, nach dem ersten Auftritt, verlangte die Königin einen weiteren, sie wollte mehr hören. Wie hätte ich ihr das abschlagen können, und wie hätte ich das machen sollen, ohne den Betrug auffliegen zu lassen?“

„Eine heikle Situation“, pflichtete William ihm bei und nickte.

„Wir hätten sicher alle genauso gehandelt“, sagte Napier.

„Der Baron wurde von den Lakaien der Queen verhaftet und weggebracht, das habe ich aus meinem Versteck beobachtet. Zum Glück haben die mich nicht entdeckt. Ich hatte Gerüchte gehört, dass sie ihre Männer auch hinter mir hergeschickt hatte, aber ich wusste nicht, ob das stimmte oder nicht. Ich wusste nur, dass ich fliehen musste. Daher lieh ich mir ein Pferd aus dem Stall des Barons, was an sich schon riskant war, denn sowohl Schwindlern als auch Pferdedieben drohte der Galgen, aber ich ritt wie der Teufel und schaffte es bis zum Anwesen der Familie von Sachsen-Krumpke in Somerset, wo ich das erschöpfte Tier mitten in der Nacht im Stall zurückließ.“

„Sehr beachtlich“, meinte Robert anerkennend, und die anderen Fellows nickten zustimmend.

„Und ehrenwert“, murmelte Napier mit stolzer Miene, als wäre Luppitt sein eigener Sohn.

„Ich überlegte, ob ich zu meiner eigenen Familie zurückkehren sollte, entschied mich jedoch dagegen, da ich seit fast zehn Jahren nichts mehr mit ihnen zu tun gehabt hatte, außerdem dachte ich mir, wenn wirklich jemand nach mir sucht, dann doch am ehesten dort.“

„Das war clever von dir“, meinte Robert, und dieses Mal fiel sogar ich in das allgemeine Nicken mit ein. Es war ansteckend.

„Also machte ich mich zu Fuß wieder auf den Weg. In jener Nacht kam ich an meinem Elternhaus vorbei, während mein Vater und meine Schwestern drinnen schliefen, und ich lief immer weiter und weiter, bis ich nach Devon kam. Alles, was ich dabeihatte, war die Kleidung, die ich am Körper trug, ein kleines Bündel Habseligkeiten und meine geliebte Laute.“

Napier huschte in den hinteren Teil des Raums, wo die Musiker beim Hereinkommen ihre Sachen abgelegt hatten. Behutsam hob er eines der Instrumente auf, brachte es zu Luppitt und hielt es ihm ehrfurchtsvoll entgegen.

Luppitt griff nach dem Instrument, dessen helles Holz im Schein des Feuers glänzte. „Ist sie das wirklich?“, hauchte er.

„Das ist sie“, erwiderte Napier. „Wir haben sie die ganze Zeit mit uns getragen.“

Luppitt schlug die Saiten an, und in diesem einen Klang, der in der Luft vibrierte, lag so viel Anmut, wie sie nur ein wahres musikalisches Genie hervorzaubern kann. Er zupfte noch ein paar Töne und einen Akkord, dann legte er sie liebevoll in seinen Schoß.

„Dann traf ich diese wunderbaren Musiker und wir begannen, gemeinsam herumzureisen. Am Anfang war es schwierig.“

Robert fuhr fort und erklärte mir: „Du musst bedenken, dass in diesen Jahren die Pest herrschte und viele Leute Fremden gegenüber misstrauisch waren. Deshalb blieben wir meist eine Weile in einer Stadt, schmeichelten uns bei den Einheimischen ein, spielten eine Woche oder länger in Pubs und Gasthäusern und zogen dann weiter. Meistens waren wir in Devon unterwegs, doch gelegentlich wagten wir uns auch in die benachbarten Grafschaften.“

„Ich hatte immer Angst, dass mich meine Vergangenheit einholen würde“, sagte Luppitt.

„Und dann, eines schrecklichen Tages, geschah genau das“, fuhr Napier fort.

„Kurz vor Exeter wurden wir angegriffen“, erinnerte sich William.

„Es waren nur zwei Männer, aber sie waren bis an die

Zähne bewaffnet", fügte Robert hinzu. „Wir versuchten, sie abzuwehren, aber dann ging alles sehr schnell. Mit einem Kriegshammer versetzten sie Luppitt einen heftigen Hieb gegen die Seite seines Kopfes. Wir versuchten, ihn zu retten, doch er starb in meinen Armen."

„Aber wir hatten unser Gelübde abgelegt", sagte William. „Wir wussten, dass wir im Tod wieder vereint sein würden."

„Und so kam es dann auch", erzählte Luppitt weiter. „Im Laufe der Jahre traf ich einen nach dem anderen wieder, und wir reisten zusammen durch Devon und spielten dort an denselben Orten wie zu unseren Lebzeiten."

„Aber immer wieder, wenn wir den Stadtrand von Exeter erreichten, wurden wir von ein paar Schurken überfallen und mussten Luppitts Tod mitansehen. Unzählige Male." Napier stand das Entsetzen ins Gesicht geschrieben.

„Also änderten wir unsere gewohnten Routen und Zeitpläne", fuhr Robert fort, „was letztlich jedoch nichts nützte. Irgendwie gelang es ihnen immer wieder, uns aufzuspüren. Nur die Art und Weise, wie sie Luppitt umbrachten, war von Mal zu Mal verschieden."

„Sie haben ihn ertränkt, aufgehängt, verbrannt,

zerquetscht, erschlagen, erschossen und so weiter." Napier zog eine gequälte Grimasse.

„Das müssen auch Geister gewesen sein, nicht wahr?", fragte ich, und Luppitt nickte.

„Ja. Das erste Mal, als sie mich töteten, waren sie selbst sterblich. Ich glaube, der gute Robert hier hat einen von ihnen niedergestreckt."

Robert nickte grimmig. „Ich würde es wieder tun, wenn ich könnte."

„Aber danach dauerte es ein paar Jahre, bevor sie wieder hinter mir her waren."

„Vielleicht sind sie nicht komplett hinübergewechselt, weil du es nicht getan hast", überlegte ich.

„Das konnte ich nicht", sagte Luppitt und klimperte leise auf der Laute in seinem Schoß.

„Wegen eures Gelübdes, ja?" Das leuchtete mir ein. „Und seitdem haben sie immer wieder versucht, dich zu töten. Wir müssen dem ein Ende setzen. Ich frage mich, wer diese Männer geschickt haben könnte."

„Oh, wir wissen genau, wer sie geschickt hat", schnaubte Robert ärgerlich.

„Wer?"

„Baron Cecil von Sachsen-Krumpke."

„Der Sohn des Barons?" Das kann nicht sein.

„Genau der."

„Woher weißt du das?" So sehr ich diese Kerle auch

mochte, ich wollte keine voreiligen Schlüsse ziehen, ohne konkrete Beweise zu haben.

„Nachdem sie Luppitt den tödlichen Schlag versetzt hatten und er schon am Boden lag und sich nicht mehr wehren konnte, verkündeten sie, in wessen Namen sie es getan hatten," berichtete Robert. Ich blickte in die Runde, und die anderen Devonshire Fellows nickten mit grimmigen Mienen. „Ich werde nie vergessen, was dieser Verbrecher gesagt hat: *‚Baron Cecil von Sachsen-Krumpke lässt dich grüßen und hofft, dass du in der Hölle schmorst für das, was du seinem edlen Vater angetan hast.'* Genau das waren seine Worte."

Das erschien mir ziemlich schlüssig.

„Jetzt, wo wir es wissen", sagte Luppitt hoffnungsvoll, „können wir dem vielleicht irgendwie ein Ende bereiten? Diese Verbrecher stoppen? Vielleicht mit dem Sohn des Barons reden? Kannst du das tun, Mylady?"

„Nein, das kann ich nicht", sagte ich traurig. Mir war ohnehin schon übel gewesen von dem Brandy-Fruchtsaft-Gemisch in meinem Magen, doch diese Erkenntnis bereitete mir erst recht Bauchschmerzen. „Ich kann nicht ... denn nach Aussage von Cecils Vater, Baron Richard, ist sein Sohn komplett hinübergegangen, als er starb. Und im Jenseits kann ich ihn nicht erreichen."

„Aber wenn die Typen, die er angeheuert hat, seinen

Befehl seither immer wieder aufs Neue ausführen ...“, überlegte Robert.

„... dann stecken sie anscheinend in einer Art Schleife fest, und deswegen tun sie es wieder und wieder“, fügte ich hinzu.

Luppitt war noch nicht in Sicherheit.

Kapitel 20

Die Devonshire Fellows mit Luppitt in ihrer Mitte spielten bis tief in die Nacht, zur Freude aller Geister im Gasthaus. Sogar Gwyn war begeistert, und wie alle anderen wippte und wackelte sie unaufhörlich zum Takt der Musik.

Nachdem ich schließlich alle aus meinem Wohnzimmer gescheucht hatte, leistete mir die Schlaflosigkeit für den Rest der Nacht Gesellschaft. Als die Morgendämmerung mit feurigen Farben über dem Horizont auftauchte und einen weiteren schönen und für diese Jahreszeit ungewöhnlich milden Tag ankündigte, schleppte ich mich schließlich nach unten, um zu frühstücken.

„Morgen, Miss“, begrüßte mich Florence, als ich in die Küche kam. „Du siehst ein bisschen blass aus.“

„Wahrscheinlich der Brandy“, murmelte ich mit einer tieferen Stimme als sonst und meinte, ein Lächeln über Florence’ Gesicht huschen zu sehen.

Ich zwang mich, etwas Toast zu essen, und trank zwei Tassen Kaffee, bevor ich in die Bar hinüberschlenderte, wo Perdita gerade einige ihrer Sachen an der Eingangstür abstellte. Verwirrt runzelte ich die Stirn, weil ich zunächst befürchtete, sie hätte nun endgültig die Nase voll von mir und meinem katastrophalen Fahrstil, aber diese Sorge erwies sich als vollkommen unbegründet. Sie strahlte mich an und führte mich in das Separee, wo sie die letzte Zeit gearbeitet hatte.

„Ich habe meine Recherchen abgeschlossen und alles hier in diesen Ordnern für dich zusammengestellt.“ Sie zeigte mit einem leuchtend roten Fingernagel auf vier Dokumentenordner, jeder in einer anderen Farbe. „Hier ist alles drin, was du brauchst, ich habe sogar ein Stichwortverzeichnis erstellt.“ Sie öffnete einen der Ordner und zeigte es mir. „Wie ich dir gestern schon erklärt habe, gibt es Daten zu jedem der Geister, einschließlich ihrer Spuren und allem, was wir sonst noch über sie wissen. Über einige weißt du sehr viel, wie zum Beispiel über deinen Vater, Florence oder deine Urgroßmutter, über andere wiederum gibt es nur wenige bis gar keine Informationen. Es liegt ganz bei dir, was du mit diesen Daten machst. Ergänze sie. Nutze sie. Spüre die Geister auf und fordere sie auf, zu gehen, wenn du das möchtest. Was auch immer." Sie schloss den Ordner und legte ihn zu den anderen auf den Tisch.

„Ich hoffe, meine Aufzeichnungen werden dir eine Hilfe sein. Aber wie ich schon sagte, lässt sich das Alter der Geister anhand meiner Nachforschungen nicht wirklich bestimmen. Dazu müsste man tatsächlich mit ihnen sprechen."

„Da komme ich dann wohl ins Spiel."

„In der Tat. Wenn du wissen willst, wer sie sind, woher sie kommen und warum sie sich in deinem Gasthaus aufhalten, dann musst du mit ihnen reden."

„Okay."

„Wie wir gesehen haben, verlieren sich einige Spuren immer wieder, zum Beispiel die von Arthur Grubbe oder die deines Vaters. Andere Geister bleiben eher in einem einzigen Raum, etwa Luppitt in seinem Zimmer oben oder ein paar von denen, die auf dem Dachboden hausen."

„Okay, verstehe."

„Die meisten deiner Geister halten sich vorwiegend im Haus oder im Garten auf. Ein paar in den Wäldern und manchmal auch ein oder zwei in einem der Nebengebäude." Perdita schlug den gelben Ordner auf. „Siehst du das?" Sie fuhr mit dem Finger über eine Seite, und ich konnte sehen, dass mehrere Zahlen eine Gruppe bildeten. Sie blätterte die Seite um und ich erkannte vage einen Weg, den sie offenbar regelmäßig nahmen. Er führte über das Gelände zu dem großen Schuppen im hinteren Garten, in dem der Aufsitzrasenmäher aufbewahrt wurde und der außerdem als Brennholzlager diente.

„Es gibt ein paar Geister, die immer mal wieder hierherkommen, und einen, der oft dort ist. Das ist insofern interessant, als dass er noch nicht da war, als ich mit meiner Datenerfassung begonnen habe …“ Sie zeigte mir ihre ersten Aufzeichnungen. „Anfangs hat sich kein Geist regelmäßig dort aufgehalten. Und …“ Sie legte den Finger auf eine orangefarbene Zahlenreihe und runzelte die Stirn. „Das hier ist auch auffällig: Offenbar hattest du einen menschlichen Besucher auf deinem Grundstück. Du bist es nicht, denn du bist rot markiert, und ich bin es nicht, denn ich bin lila markiert.“

„Oh“, sagte ich nachdenklich, aber nicht sonderlich beunruhigt, weil ich regelmäßig Lieferungen erhielt. Vielleicht hatte jemand eine Ladung Brennholz direkt in das Lager gebracht. Ich nahm mir vor, das später zu überprüfen. Vielleicht hatte es ja doch irgendwas mit Luppitt zu tun. „Ich werde mir das nachher mal ansehen“, versicherte ich. „Danke, Perdita. Du hast dir enorm viel Arbeit gemacht.“

„Oh, es war mir ein Vergnügen. Wenn du mal wieder

Hilfe beim Geisterflüstern brauchst oder nicht weißt, wie du sie loswirst, dann sag mir Bescheid."

„Das mache ich", versprach ich und begleitete sie und ihr Hündchen bis zur Haustür des Gasthauses. Draußen wartete bereits ein großes Taxi auf sie, und ich half dabei, ihre Sachen einzuladen, darunter auch der kostbare Elektro-Endoquero. Der Taxifahrer machte sich schnaufend daran, alles sicher zu verstauen, während ich erst Perdita und dann Chi an mich drückte.

Während das Taxi langsam vom Hof rollte, winkte ich ihm hinterher, doch als es um die Ecke gebogen war, seufzte ich erleichtert auf. Perdita war weg und ich konnte nun endlich damit aufhören, mich weiterhin unnötig unter Druck zu setzen. Ich hatte nicht vor, auch nur einen meiner Geister loszuwerden. Mein Entschluss stand fest: Die Geister des Whittle Inn sollten bleiben.

Ein paar Stunden später packte ich ein kleines Picknick für mich zusammen und machte mich auf den Weg in den Shady Wood. Ich hatte mir vorgenommen, bis zu dessen Grenze zu laufen, bis dorthin, wo mein eigener Wald endete, was eine Weile dauern würde. Ich brauchte Zeit zum Nachdenken, aber vor allem musste ich etwas gegen meinen vernebelten Kopf unternehmen. Hoffentlich würde Florence die Brandyflasche für eine Weile verstecken.

Die Bewegung an der frischen Luft tat gut. Mit energischen Schritten marschierte ich voran, hüpfte über Gräben und Wurzeln und spürte, wie sich mein Herzschlag erhöhte. Zwischendurch dehnte und streckte ich mich und genoss es, hier draußen und ganz im Jetzt sein zu können. Der Sommer neigte sich dem Ende entgegen, und die ersten bunten Herbstblätter fielen leise zu Boden, aber trotzdem war die Luft immer noch warm und kaum ein Windhauch zu spüren – der Winter schien noch weit weg zu sein.

Als ich die Lichtung in der Mitte des Shady Wood erreichte, machte ich es mir auf einer der Bänke bequem und holte eine von Florence' frisch gebackenen Teigtaschen heraus, die sie für mich in Alufolie eingewickelt hatte und die sogar noch etwas warm war. Ich biss genüsslich hinein, wobei mir der Saft der Füllung über das Kinn lief. Gierig verspeiste ich das köstliche Gebäck und trank anschließend etwas Wasser aus der kleinen Flasche, die ich mir eingepackt hatte, und nutzte den letzten Rest daraus, um mir die Finger zu waschen. Kurz dachte ich darüber nach, auch noch das Stück Biskuitkuchen zu verspeisen, das Florence mit mitgegeben hatte, beschloss dann aber, dies für den Heimweg aufzuheben.

Ich fragte mich, wie Gwyn bei der Suche nach einem

Koch für das Gasthaus vorankam. In letzter Zeit hatte sie, abgesehen vom Abend zuvor, meist durch Abwesenheit geglänzt, was ich verdächtig fand und vermutlich nichts Gutes bedeutete. Was sie wohl im Schilde führte? Derweil leistete Florence hervorragende Arbeit. Das Hausmädchen hatte sich als begabte Bäckerin erwiesen. Sie würde es vermissen, nicht mehr in der Küche zu arbeiten, wenn wir erst mal einen Koch oder eine Köchin hatten. Vielleicht könnte sie von Zeit zu Zeit aushelfen, denn der- oder diejenige würde sicherlich regelmäßig einen freien Tag brauchen.

Ich würde nicht umhinkommen, weiteres Personal anzuheuern. Noch vor ein paar Wochen war ich davon ausgegangen, dass meine Angestellten alle menschlich sein müssten, aber in den letzten Tagen war mir klargeworden, dass ich für praktisch alle anfallenden Aufgaben schon Arbeitskräfte vor Ort hatte: Zephaniah, Ned, Florence und Grandma zum Beispiel. Und sicherlich würde mich auch mein Dad unterstützen, wenn er denn da war. Außerdem hatte ich keinen Zweifel daran, dass ich fast jeden der Geister um Hilfe bitten könnte und sie mich bereitwillig unterstützen würden. Nicht zuletzt war meine geisterhafte Cleanup-Crew bereits am Start und hatte bislang Großartiges geleistet.

Jetzt, wo feststand, dass ich keinen der Geister fortschicken würde, war ich mir mit einem Mal auch sicher, was meine Ideen für die zukünftige Ausrichtung des Gasthauses betraf. Zwar hatte ich schon immer gedacht, dass sich das Whittle Inn von der Konkurrenz im Dorf, The Hay Loft, abheben müsste, doch nun wusste ich genau, wie. Ein Gasthaus voller Geister würde vielleicht nicht jedem gefallen, aber garantiert gab es auf der ganzen Welt keine Hexe, die sich an ihnen stören würde – mochten sie nun aus den Wänden, im Badezimmer und auf dem Dachboden auftauchen.

Doch nicht nur Hexen und Zauberer wollte ich ansprechen. Nein, viel besser! Das Whittle Inn sollte für alle, die übernatürliche Kräfte und Eigenschaften besaßen, zu einem beliebten Ziel werden, egal ob sterbliche oder unsterbliche Kreaturen, Magiebegabte oder Fae. Und auch die Freunde und Unterstützer dieser besonderen Zielgruppe sollten mir willkommen sein. Ein verrückter, genialer Plan! Es würde ein Riesenspaß werden.

Nachdem meine Entscheidung endgültig gefallen war, hatte ich plötzlich tausend Ideen, wie ich die Räume einrichten wollte. Frohen Mutes machte ich mich auf den Weg nach Hause, blieb jedoch stehen, als ich

Mr. Hoo zwischen den Bäumen hindurch direkt auf mich zufliegen sah.

„Hoo, hoo! Hoo-oooo!" Seine Rufe klangen verzweifelt, und nachdem er auf einem nahen Ast gelandet war, schlug er nervös mit den Flügeln und wackelte ungeduldig mit dem Kopf hin und her.

„Was ist los?", fragte ich, doch da begann mein Handy zu klingeln.

„Einen Moment, Mr. Hoo, warte bitte."

Ich zog das Telefon aus meiner Gesäßtasche. Auf dem Display wurde „Mr. Kephisto" angezeigt, und als ich abnahm, hörte ich die Krähe Caius im Hintergrund aufgeregt krächzen.

„Mr. Kephisto? Ist etwas passiert?" Sofort schnellte mein Puls in die Höhe, und die Kopfschmerzen, von denen ich dachte, sie hätten nachgelassen, meldeten sich erneut mit einem starken Pochen an den Schläfen.

„Alf, Gott sei Dank. Ich versuche schon seit einer Stunde, dich zu erreichen."

„Ich bin im Wald, und der Empfang hier ist ziemlich schlecht."

„Okay, dann mache ich es kurz." Seine Stimme brach ab, und ich hörte nur noch das Ende des Satzes. „... gefährlich."

„Gefährlich? Was denn, wer denn? Hallo?", rief ich in den Hörer und lief hektisch umher, um ein besseres

Signal zu finden, während Mr. Hoo neben mir laute Rufe ausstieß. Ich streckte beschwichtigend den Arm zu ihm aus. „Können Sie das noch mal wiederholen? Ich habe es nicht verstanden."

Die Stimme von Mr. Kephisto wurde immer leiser. „Du musst zurück zum Gasthaus, Alf. Deine Urgroßmutter hat Shadowmender benachrichtigt, und er mich. Ein Priester ist auf dem Weg zu dir. Er könnte schon da sein."

„Ein Priester?", wiederholte ich. „Das verstehe ich nicht." Was wollte denn ein Priester bei mir? Ich hatte nichts gegen andere Religionen und respektierte sie, aber ich persönlich hatte meine eigene Form der Spiritualität gefunden. Mr. Kephisto klärte mich schnell auf.

„Er will die Geister aus dem Gasthaus vertreiben, Alf. Du musst ihn aufhalten. Lauf schnell, beeil dich!"

Kapitel 21

„Verdammt noch mal“, murmelte ich kopfschüttelnd, steckte mein Handy weg und lief los. „War das etwa ein Exorzist? Aber welche Geister würde ein Priester austreiben wollen?“ Schlagartig wurde mir die Dramatik der Situation bewusst. *Was, wenn er alle Geister des Gasthauses verbannen wollte?*

Jeden Einzelnen von ihnen. Die Devonshire Fellows. Florence. Zephaniah. Gwyn. Meinen Vater ...

„Nein!“

Ich verspürte einen heftigen Stich in der Brust und rannte noch schneller. Von jetzt auf gleich hatte sich der beschauliche Nachmittag in einen Albtraum verwandelt. Ich raste Richtung Gasthaus, immer wieder peitschten mir Äste ins Gesicht und verfingen sich in meinen Haaren, und immer wieder riss ich mich schnaufend los.

„Wie ist das möglich?“, japste ich in die Stille des Waldes hinein. „Und wer hat diesen Typen zu mir geschickt?“ Wer könnte einen Priester auf die Geister im Gasthaus aufmerksam gemacht haben und warum? Was im Whittle Inn geschah, ging niemanden außer mich etwas an. Außerdem wussten nur sehr wenige Leute von den Geistern ...

Das konnte nur jemand gewesen sein, der einen Groll gegen mich oder das Gasthaus hegte – Jed. Natürlich war er es, der mir wieder als Erster in den Sinn kam. Dass er ein Verräter war, wusste ich ja nun aus schmerzlicher Erfahrung. Wut flammte in mir auf. Ich hätte ihn erledigen sollen, als ich die Gelegenheit dazu gehabt hatte. Warum hatte ich es nicht getan? Nun ja, wohl weil ich schwach und verliebt gewesen war. Weil ich mich von ihm hatte täuschen lassen.

Ich rannte auf dem schmalen Pfad zwischen den Bäumen hindurch, mein Herz klopfte wie wild. Dann erreichte ich die Lichtung, die ich schwer keuchend überquerte, meine Knie schmerzten, aber ich lief weiter, so schnell ich konnte. Endlich kam das Gasthaus hinter den Bäumen in Sicht. Ich spurtete durch den Garten, und als ich den Schuppen und das Holzlager passierte, fiel mir ein helles Licht im Inneren auf, was mir merkwürdig erschien, aber ich hatte keine Zeit, um nachzusehen. Stattdessen eilte ich weiter, polterte gegen die Hintertür und riss sie auf.

Im Türrahmen hielt ich inne, stützte die Hände auf die Knie und versuchte, wieder zu Atem zu kommen. Da vernahm ich ein seltsames, klagendes Geräusch, das durch das Gasthaus hallte. Es machte mich nervös. Als ich aufblickte, sah ich Florence, die neben dem Ofen kauerte und sich die Ohren zuhielt.

„Florence?“, rief ich ihr zu. „Ist alles okay bei dir?“

„Mach, dass es aufhört, oh bitte, Miss! Es soll aufhören. Ich will nicht gehen!“

Ich bemerkte, dass sie durchsichtiger zu werden schien und sich in dem Rauch, der stets von ihrer Kleidung ausging, langsam auflöste. Auch der Geruch von verbranntem Stoff war weniger intensiv als sonst.

„Halte durch, Florence, halte durch“, flehte ich und stürmte wieder los, durch die Küche und in die Bar hinüber.

Dort erblickte ich einen Kerl, der mir bekannt vorkam, aber dann war da noch jemand, der mich weitaus mehr irritierte: ein Priester in vollem Ornat, der in der einen Hand ein Kruzifix und in der anderen eine Phiole mit Weihwasser hielt. Er gab ein gebetsartiges Gemurmel lateinischer Sätze von sich, die ich nicht verstand, aber ich wusste, dass sie meinen Geistern schadeten. Im Hintergrund ertönten von überall her ihre unheimlichen Klagelaute, die mir das Blut in den Adern gefrieren ließen und sich wie ein Schlag in die Magengrube anfühlten.

Kurz entschlossen rammte ich den Priester mit aller Kraft, sodass er rückwärts stolperte und sich das Weihwasser über ihn ergoss. „Was haben Sie hier zu suchen?", schrie ich. „Raus hier! Alle beide!"

Ich zerrte am Gewand des Priesters und rang mit ihm. Überrascht von meiner körperlichen Attacke, der er nicht viel entgegenzusetzen wusste, gab er ziemlich schnell nach. Zornig packte ich ihn mir erneut und versuchte, ihn aus dem Gasthaus zu schleifen, bevor er mit seinen verdammten Gebetssprüchen noch mehr Schaden anrichten konnte. Doch dann verpasste mir der andere Typ einen harten, schmerzhaften Schlag gegen den Kopf, sodass ich kurz Sternchen sah und taumelnd zu Boden ging.

In Todesangst und gleichzeitig wütender denn je rollte ich mich auf den Rücken, um meinem Angreifer ins Gesicht zu sehen, und nun erkannte ich ihn: Es war einer der Köche! Derjenige, der so entsetzt auf die Geister reagiert hatte. Martin Toynbee.

Jetzt sah ich auch, womit er mir eins übergebraten hatte, nämlich mit einem großen, bürstenartigen Holzpinsel, mit dem er nun rasch auf mich zukam, um mir einen weiteren Schlag zu versetzen. Ich reagierte instinktiv: „*Abiciendi!*“ Ich streckte die Hand in seine Richtung aus, und der Pinsel löste sich aus Martins Griff und schoss von ihm weg. Er schaute ihm ungläubig hinterher, bevor er zu mir blickte.

Die Bösartigkeit in seinen Augen erschreckte mich. „Warum musstest du dich einmischen?“, geiferte er, dann wandte er sich dem Priester zu: „Kümmern Sie sich nicht um diese Wahnsinnige, Vater. Machen Sie weiter!“

Der Priester schien sich gefangen zu haben und sammelte die Sachen ein, die er für sein Ritual benötigte. Das Fläschchen mit dem Weihwasser, das er verschüttet hatte, lag neben mir auf dem Boden, aber ein paar Tropfen waren noch drin. Ich konnte nicht zulassen, dass er es benutzen würde, um meinen Freunden etwas anzutun, also schlug ich so fest darauf, dass es zerbrach.

„Hexerei!“, rief der Priester und hielt mir sein Kruzifix ins Gesicht.

„Ja!“, entgegnete ich mit fester Stimme, schlug seine Hand weg und rappelte mich hoch. „Und jetzt verschwinden Sie aus meinem Haus. Sie sind hier *nicht* willkommen!“

Da stürzte Martin erneut auf mich zu und schubste mich so fest, dass ich wieder hinfiel. Als ich aufstehen wollte, hielt er mich fest, packte mich an Handgelenk und Ellbogen und drehte mir den Arm auf den Rücken. Ich schrie vor Schmerz auf.

Der Priester sah von mir zu Martin, unsicher, wie es jetzt weitergehen sollte. „Fahren Sie fort, Vater. Wir sind hierhergekommen, um einen Auftrag zu erfüllten. Wir müssen das Gasthaus von allen Geistern befreien."

„Das kommt überhaupt nicht infrage! Was erlauben Sie sich!", presste ich aus zusammengebissenen Zähnen hervor, während Martin mir den Arm noch mehr verdrehte und mich an der Schulter packte. „Das ist mein Gasthaus. Raus hier!" Daraufhin verstärkte Martin den Druck und versuchte, mich runterzudrücken. „Sie brechen mir den Arm!", schrie ich.

„Sie brauchen ihre Erlaubnis nicht, Vater", zischte Martin höhnisch. „Der ganze Ort ist von dämonischen, übernatürlichen Aktivitäten durchsetzt. Wir müssen Maßnahmen ergreifen, um uns von dieser Plage zu befreien."

„Aber es ist *mein* Gasthaus! *Ich* entscheide hier!", schrie ich sie an.

Der Priester hob sein Kruzifix, um die Austreibung meiner Geister fortzusetzen, und diesmal verstand ich seine Worte: „Erzengel Michael, glorreicher Fürst der himmlischen Heerscharen, hilf uns in unserem Kampf gegen die dunklen Kräfte und Mächte, gegen die finsteren Herrscher dieser Welt ..."

Ich dachte an Florence in der Küche, stellte mir vor, wie sie verblasste und langsam für immer verschwand. Und war mein Vater auch schon dabei, sich aufzulösen? Der Gedanke, ihn nie wieder zu sehen, war mir unerträglich.

Gegen Martins Umklammerung war ich machtlos, und so konnte ich meinen körperlichen und seelischen Schmerz nur laut herausschreien. In diesem Augenblick wurde ich von einem grellen Lichtblitz geblendet und mein Widersacher lockerte seinen Griff. Ich nutze den Moment, und es gelang mir, mich mit einer schnellen Drehung zu befreien. Ich hielt meinen schmerzenden Arm und erblickte Mr. Kephisto in der Eingangstür, die Hände vor sich ausgestreckt, die Augen vor Wut funkelnd.

„Lassen Sie die Finger von ihr, Sir“, forderte er nachdrücklich. „Behandelt man so eine Dame?“

Vor uns tanzte und wackelte Martin wie eine Marionette, gehalten von elektrischen Fäden, die der alte Zauberer aussandte. Mühevoll stand ich auf, legte meine heile Hand sanft auf Mr. Kephistos Arm und nickte. Er ließ die Arme sinken. Martin sackte zu Boden, das Kraftfeld verschwand, und er lag da und wimmerte wie ein hilfloser Welpe.

Der Pfarrer blickte fassungslos von mir zu Mr. Kephisto und dann zu Martin, der jammerte und zitterte.

Ich rechnete damit, dass er jeden Moment aufspringen und sich aus dem Staub machen würde, aber Mr. Kephisto schloss die Haustür fest hinter sich und nickte in Richtung Küche.

„Ich habe mir erlaubt, die Polizei zu rufen, um Anzeige gegen deine Eindringlinge zu erstatten, Alf. In der Zwischenzeit lass uns höflich sein und einen Tee trinken, ja?“

Wir betraten alle vier die Küche und gaben wahrlich einen merkwürdigen Haufen schnaufender, zerzauster Gestalten aus komplett verschiedenen Lagern ab. Zu meiner Erleichterung war Florence immer noch bei uns, immer noch sichtbar. Schnell scheuchte ich sie mit einem warnenden Blick hinaus und stellte den Wasserkessel selbst auf den Herd. Mir war übel von den stechenden Schmerzen in meinem linken Arm, den ich schützend an meine Brust hielt.

Ich drehte mich zu Martin um. „Was um alles in der Welt sollte das? Was haben Sie gegen Geister?“

Er sah mich finster an und weigerte sich, mir zu antworten. Mr. Kephisto bedeutete den beiden Eindringlingen, am Küchentisch Platz zu nehmen.

„Wer ist dieser Mann?“, fragte mich Mr. Kephisto.

„Sein Name ist Martin Toynbee. Er hat sich kürzlich um die Stelle als Küchenchef hier im Gasthaus beworben, die ich online inseriert hatte."

„Toynbee?" Mr. Kephisto legte die Stirn in Falten. „Das ist ja interessant."

„Wieso?", wollte ich wissen.

„Nach unserem letzten Gespräch habe ich angefangen, den Rest von *Aufstieg und Untergang der Familie von Sachsen-Krumpke* zu lesen, und danach habe ich auf dieser Grundlage weiter geforscht. Und weißt du, was ich herausgefunden habe?" Er wartete meine Antwort gar nicht erst ab. „Nach der Schande, die Richard über die Familie gebracht hatte, versteckten sich die von Sachsen-Krumpkes mehrere Jahrhunderte lang vor der Öffentlichkeit. Das britische Königshaus ist offenbar nachtragend und vergisst nichts so schnell. Und da während des Ersten Weltkriegs in einem großen Teil der Welt eine antideutsche Stimmung herrschte, änderten die Royals ihren eigenen Nachnamen vom deutschen Sachsen-Coburg und Gotha in das durch und durch englisch klingende Windsor. Die von Sachsen-Krumpkes folgten diesem Beispiel. Und sie wählten den Nachnamen Toynbee."

Ich starrte Martin erstaunt an. „Das ist doch kein Zufall, oder?", fragte ich ihn.

„Nein", gab er mit bockiger Miene zu. „Ich habe

nichts gegen Geister an sich. Nur gegen einen bestimmten. Ich bin der letzte der von Sachsen-Krumpkes und habe meinem Vater versprochen, mich an Smeatharpe, seiner Familie und allen, die mit ihm in Verbindung stehen, zu rächen – so wie er es einst seinem Vater versprochen hat."

Er blickte mich an. „Die Familie Smeatharpe wurde vor mehreren Jahrhunderten in die Armut gezwungen und ist heute ausgestorben. Vor vielen, vielen Jahren war es einer meiner Vorfahren, der Luppitt am Gallows Cross aussetzte. Er dachte, damit sei die Sache endgültig erledigt. Luppitts Geist sollte für immer an dieser Kreuzung herumirren, vergessen und verloren. Aber dann wurde er gerettet – von deinem Vater, der unnötigerweise meinte, sich einmischen zu müssen – und hierhergebracht. So blieb es mir überlassen, ihn ein für alle Mal zu erledigen."

„Aber woher wussten Sie, dass er hier ist?", fragte ich. Jemand musste ihn verraten haben.

Martin lehnte sich auf der Bank zurück und warf mir ein unverschämtes Grinsen zu. „Ihr Problem ist, dass Sie viel zu vertrauensselig sind. Wie schon gesagt, ich habe nichts gegen Geister an sich. Auch meine Familie hat zwei Geister, die seit jeher für uns arbeiten. Dieselben Männer, die Luppitt anfänglich den Garaus gemacht haben. Seitdem stehen sie sozusagen in unseren Diensten." Er verschränkte die Arme, trotzig und selbstgefällig zugleich.

„Sie wissen, dass der Baron Luppitt nichts Böses wollte?", fragte ich. „Er hatte keine Rachegelüste, das hat er mir persönlich versichert. Der Baron wollte nur seine Familie wiedersehen."

„*Er* mag Smeatharpe nichts Böses gewollt haben, aber sein Sohn Cecil war zutiefst empört. Cecils Erbe bestand im Grunde aus nichts weiter als einem heruntergekommenen Anwesen in Somerset. Alle seine Ländereien und sein Gold waren von der Königin beschlagnahmt worden. Das hat ihn extrem wütend gemacht."

„Aber er ist gestorben und hinübergegangen. Alles, was zu Cecils Lebzeiten passiert ist, sollte keine Bedeutung mehr haben", betonte ich. „Es ist Geschichte."

„Die von Sachsen-Krumpkes vergessen nichts. Für uns hatte sich die Angelegenheit nicht erledigt. Und es war ein Leichtes, unsere eigenen Geister auf die Suche nach dem verfluchten Barden zu schicken. Sie sind es gewöhnt, in den westlichen Grafschaften umherzuziehen und das Land zu durchkämmen. Das haben sie schon zu ihren Lebzeiten so gemacht. Also haben wir sie losgeschickt, immer und immer wieder. Und wie es der Zufall so will, fand einer von ihnen Luppitt genau hier im Gasthaus."

Es gab einen Verräter in meiner Mitte – einer der Geister, die ich im Gasthaus willkommen geheißen hatte. Das tat weh. Hinter mir begann der Wasserkessel zu pfeifen, und ich wandte mich ab, um den Tee aufzusetzen, während ich mir den Kopf zerbrach, wer das gewesen sein könnte und mit Martin unter einer Decke steckte.

Und wo hielt sich derjenige wohl auf? Inmitten der anderen? Oder an einem Ort, wo ich normalerweise nicht nachsehen würde. Ich erinnerte mich an das Licht, das ich keine dreißig Minuten zuvor im Gartenschuppen gesehen hatte, als ich daran vorbeilief. Das wäre kein übles Versteck.

In diesem Moment fielen mir Perditas Daten und die Ordner ein, die sie mir dagelassen hatte. Sie hatte mich doch darauf hingewiesen, dass kürzlich ein Fremder den Schuppen auf der Rückseite des Gasthauses betreten hatte, kein Geist, sondern ein Mensch. An welchem Tag war das gewesen? Hatte sie das in ihren Aufzeichnungen vermerkt?

„Würden Sie sich bitte um den Tee kümmern?“, bat ich Mr. Kephisto und eilte aus der Küche ins The Nook, wo ich Perditas Unterlagen so vorfand, wie sie sie hinterlassen hatte. Ich blätterte rasch durch den gelben Ordner und stellte erfreut fest, dass sie zu den verschiedenen Ereignissen auch das jeweilige Datum vermerkt hatte.

Jener fremde Besucher hatte den Schuppen tatsächlich am Tag der Bewerbungsgespräche aufgesucht. Das bewies zwar noch nicht, dass es Martin gewesen war, aber es schien sehr wahrscheinlich. Er war nach der Begegnung mit Florence, meinem Vater und Grandma wie von der Tarantel gestochen aus dem Gasthaus gerast. Da er jedoch mit dem Taxi gekommen war, hätte er sich erst wieder eines rufen müssen, um zurück zum Bahnhof zu kommen, oder aber er hätte ins Dorf hinunterlaufen müssen. Es war also durchaus möglich, dass er stattdessen den Bewohner des Schuppens aufgesucht hatte. Das bedeutete auch, dass der Geist, der Luppitt verraten hatte, sich höchstwahrscheinlich dort versteckt hielt.

Ich klappte den Ordner zu und begab mich zurück in die Küche. In meinem Arm pochte und pulsierte es unaufhörlich. Die Polizei würde hoffentlich bald hier sein und sich um Martin kümmern.

„Vater“, sagte ich zu dem Priester. „Könnten Sie bitte mit mir kommen?“

Ich marschierte zur Hintertür hinaus, fest entschlossen, der Sache ein für alle Mal ein Ende zu bereiten. Verräter hatten im Whittle Inn nichts verloren.

Der Schuppen war zwar schon alt, aber in einem soliden Zustand. Als ich ihn betrat, gefolgt von dem verunsicherten Priester, schlugen mir die vertrauten Gerüche von Kohle, Terpentin, Benzin, Motorenfett und feuchtem Holz entgegen.

Schließlich entdeckte ich zwei Gestalten, halb versteckt in einer dunklen Ecke am hinteren Ende des Gebäudes. Der Priester hinter mir schnappte hörbar nach Luft. Dort räkelte sich der zerlumpte Arthur Grubbe lang ausgestreckt auf einem Holzstapel. Er schien nicht überrascht zu sein, mich zu sehen, und beäugte erst mich, dann den Priester mit unverhohlener Neugier. Der Mann neben ihm war von kräftiger Statur, mit geschorenem Kopf und kleinen Pockennarben in seinem blassen Gesicht. Er hockte im Schneidersitz auf dem staubigen Boden und bearbeitete seine Zehennägel.

„Das Spiel ist aus, Jungs“, verkündete ich.

„Ich schätze, das ist es“, sagte Arthur langsam. „Sie hat uns entdeckt, Mouse“, wandte er sich an den anderen. „Jetzt bist du also endlich auf den Trichter gekommen, ja?“, fragte er mich spöttisch, als hätte ich die Zusammenhänge schon viel früher erkennen müssen. Er wirkte nicht im Geringsten beunruhigt. Und zugegeben, er hatte nicht unrecht. Ich hätte es ahnen müssen, als Perdita und ich im Garten mit ihm sprachen.

„Sieht so aus“, erwiderte ich und konnte meine Wut

nur mit Mühe im Zaum halten. „Weißt du, was wirklich der Gipfel der Unverschämtheit ist?“, fuhr ich Arthur an. „Du hast mir erzählt, dass der Anführer der Devonshire Fellows dir etwas zu essen und einen Krug Bier ausgegeben hat.“ Arthur zuckte mit den Schultern und nickte, während sein Begleiter, Mouse, mich völlig ignorierte.

„Aber dann hast du sie trotzdem angegriffen.“

„Es war ein Job. Ein Job, für den wir bezahlt wurden ... und zwar gut. Irgendwie muss man schließlich über die Runden kommen.“

„Das sagtest du bereits.“ Ich stellte mir das Szenario von damals vor: die Devonshire Fellows, wie sie fröhlich spielten und sangen, und Robert, der das Wenige, das sie hatten, großzügig mit zwei Wanderern teilte, die er für Unglücksraben hielt, bevor einer von ihnen Luppitt kaltblütig ermordete. Der arme Luppitt. Nach einem sorglosen Abend mit Bier und warmem Essen jäh in den Tod gerissen.

„Kanntest du Luppitt überhaupt? Hattest du etwas gegen ihn persönlich?“

Plötzlich sprang der andere Geist auf die Füße, mit boshaft funkelnden Augen. Er war groß und muskulös und hielt einen schweren Hammer in Händen, mit dem er auf mich zukam. Ich wusste, dass er mir nicht wehtun konnte, aber einen Moment lang war ich wie erstarrt und rang nach Luft. Dann wich ich erschrocken zurück und trat dem Priester dabei versehentlich auf den Fuß, der laut aufjaulte.

„Bleib zurück“, warnte ich Arthurs Begleiter.

Er knurrte mich an und beugte sich so weit vor, dass ich seine gebleckten Zähne direkt vor der Nase hatte. Angewidert zog ich den Kopf weg. Sie waren in einem genauso schlechten Zustand wie die von Arthur. Zum Glück konnte ich ihn nicht riechen. Er hob den Hammer in die Höhe. „Es ist nie etwas Persönliches“, fauchte er und ließ seine Waffe seitlich an meinem Kopf vorbeisausen.

„Mouse“, zischte Arthur dem anderen zu, der mich aus kürzester Entfernung anstarrte und seinen kleineren Verbündeten hinter ihm geflissentlich ignorierte. Arthur erhob seine Stimme. „Mouse, du Vollidiot! Geh zurück. Wir sind hier fertig.“

„Ja, das seid ihr“, sagte ich nachdrücklich, holte einmal tief Luft und fügte hinzu: „Und zwar für alle Ewigkeit.“ Dann wandte ich mich an den Priester: „Sie können Ihre Geisteraustreibung gerne hier vollenden. Diese beiden sind im Whittle Inn nicht erwünscht.“

„Warte!“, rief Arthur, aber ich machte auf dem Absatz kehrt. „Alfhild“, kreischte der Mistkerl mit hoher, keifender Stimme, die an meinen Nerven zerrte. „Oh, Alfhild?“

Der Priester, noch immer blass vor Schreck, erhob sein Kruzifix und begann seine Gebete und Segenssprüche zu sprechen. Ich verließ den Schuppen, zog die Tür energisch hinter mir zu und ignorierte Arthur Grubbe. Das schürte seine Wut, und er setzte zu einer üblen Schimpftirade an, die mich bis zur Hintertür des Gasthauses verfolgte. Seine letzten Worte, die an mein Ohr drangen, waren: „So leicht wirst du uns nicht los!"

Zitternd, entnervt und völlig erschöpft betrat ich die Küche. Ich schlug die Tür hinter mir zu, viel fester, als ich es beabsichtigt hatte, sodass der Polizeibeamte, der vor Martin stand und etwas in seinen Notizblock kritzelte, überrascht aufblickte. Es war George Gilchrist, den ich bereits kannte. Sein Gesicht erhellte sich, als er mich sah. Ich lehnte mich mit dem Rücken gegen den Türpfosten, und alles um mich herum schien auf einmal zu verschwimmen. Ich konnte gerade noch erkennen, wie das Lächeln des Polizisten erstarb und einem besorgten Blick wich, bevor mir total schwindelig wurde.

„Alles in Ordnung, Miss Daemonne?", hörte ich ihn rufen, doch es klang wie ein Echo, als wäre er meilenweit weg von mir.

„Ich glaube, mein Arm ist gebrochen", stöhnte ich und sackte zu Boden, woraufhin Gilchrist auf mich zu stürzte, um mich aufzufangen.

Epilog

„Vielen Dank, dass du mich nach Hause gebracht hast, das war sehr nett“, bedankte ich mich bei George Gilchrist, mit dem ich mich inzwischen duzte, als er meine Tasche vom Rücksitz nahm und mir aus dem Auto half. Mein Arm war zwar nicht gebrochen, aber ich hatte einen Bänderriss in der Schulter und ein paar starke Prellungen. Das Krankenhaus hatte mich mit Schmerzmitteln und einer Schlinge entlassen und mir einen Kontrolltermin in zehn Tagen gegeben.

Martin Toynbee war wegen Hausfriedensbruchs und Körperverletzung verhaftet worden. George hatte mir geraten, eine einstweilige Verfügung gegen ihn zu erwirken. „Der Mann ist eindeutig gestört“, hatte er gesagt.

Er begleitete mich in die Küche. Derweil spähte ich

besorgt umher, um sicherzugehen, dass keiner der Geister in Sicht war. Mr. Kephisto hatte noch eine Weile im Gasthaus auf mich gewartet, während George mich ins Krankenhaus fuhr, bis ich ihm am Telefon versicherte, dass ich in guten Händen sei. Dann war er nach Abbotts Cromleigh in seinen Buchladen zurückgekehrt, aber ich hatte ihm versprechen müssen, ihn anzurufen, wenn ich etwas brauchte.

George war sehr fürsorglich und hilfsbereit. Ich erklärte ihm, wo die Teebeutel und die Teekanne waren, und bat ihn, auch die Keksdose mitzubringen, in der Florence ihre neuesten Gebäckkreationen aufbewahrte.

„Du backst?", fragte er erstaunt und betrachtete die kleinen Muffins mit der hübschen Zuckergussglasur.

„Hm, nicht direkt", sagte ich, „aber eine Freundin von mir."

Wir setzten uns an den Tisch, und ich ließ ihn mich umsorgen. Jemand hatte eine Zeitung auf dem Tisch liegen lassen, in der eine Annonce mit Kuli eingekreist war. George zog sie näher zu sich heran, um zu lesen, was da stand. „Gesucht", las er laut vor, „erfahrene/r Koch/Köchin für Landgasthaus in Devon, Neueröffnung diesen Herbst!" Er lächelte. „Hey, bist du das? Willst du bald eröffnen? Das ist ja toll!"

„Ja", antwortete ich und blickte stirnrunzelnd auf die Zeitung. War diese Anzeige von Gwyn?

„Wir bieten dir eine fantastische Gelegenheit, unsere lokale Küche in Devon mit deinen köstlichen Kreationen zu bereichern. Wenn du ein Gespür für das Außergewöhnliche hast, könnte unsere freie Stelle im Whittle Inn *die* Chance für dich sein", fuhr George fort. „Das klingt super. Hast du das geschrieben?"

„Ja, schon, aber ..." erwiderte ich. Der Text stammte zwar eindeutig von mir, aber ich war mir sicher, dass ich keine Anzeige in einer Zeitung geschaltet hatte. Wie altmodisch.

„Du solltest selbstständig arbeiten und mit unerwarteten Situationen umgehen können sowie offen für spirituelle Erfahrungen sein." George schaute leicht perplex zu mir auf. „Flexible Arbeitszeiten sollten kein Problem für dich sein, denn viele unserer Gäste besuchen uns nur nachts." Er sah verblüfft aus. „Was?"

Meine Augen weiteten sich. Grandma! Ich griff über den Tisch, nahm ihm die Zeitung aus der Hand und schlug die Seiten um, weil ich das Titelblatt sehen wollte. Wie ich schon befürchtet hatte, handelte es sich um eine Ausgabe der Magical Times. Es erschien mir zwar durchaus sinnvoll, dort eine Stellenausschreibung aufzugeben, aber musste Gwyn die Zeitung so offen hier herumliegen lassen?

Ich überflog den Rest des Inserats: *Rezept- und Sprüchebücher findest du in unserer gut sortierten Vorratskam-*

mer. Ein Interesse an Heilkräutern würden wir begrüßen. Die Zutaten stellen wir, Fantasie und Einfallsreichtum müsstest du mitbringen. Um dich zu bewerben, schicke deinen Lebenslauf per Fledermaus, Taubenpost, Eule oder kopflosem Reiter an Alfhild Gwynfyre Daemonne.

„Oh nein“, entfuhr es mir, und ich ließ die Zeitung schleunigst unter dem Tisch verschwinden.

„Gibt es etwas, das du mir verheimlichst?“, fragte George interessiert, und obwohl ich einen völlig unschuldigen Blick aufsetzte, der ihn zum Schmunzeln brachte, schien ihn das nicht zu überzeugen. Er zog eine Augenbraue hoch und wartete. Dieser Mann war nicht so leicht zu täuschen.

„Ähm. Okay“, antwortete ich. „Es gibt da vielleicht tatsächlich etwas, das ich dir erklären sollte.“

Auch von Jeannie (in englischer Sprache):

The Complete Wonky Inn Series

(in chronological reading order)

The Wonkiest Witch: Wonky Inn Book 1
The Ghosts of Wonky Inn: Wonky Inn Book 2
Weird Wedding at Wonky Inn: Wonky Inn Book 3
The Witch Who Killed Christmas: Wonky Inn Christmas Special
Fearful Fortunes and Terrible Tarot: Wonky Inn Book 4
The Mystery of the Marsh Malaise: Wonky Inn Book 5
The Mysterious Mr Wylie: Wonky Inn Book 6
The Great Witchy Cake Off: Wonky Inn Book 7
Vengeful Vampire at Wonky Inn: Wonky Inn Book 8
Witching in a Winter Wonkyland: A Wonky Inn Christmas Cozy Special

A Gaggle of Ghastly Grandmamas: Wonky Inn Book 9
Magic, Murder and a Movie Star: Wonky Inn Book 10
O' Witchy Town of Whittlecombe: A Wonky Inn Christmas Cozy Special
Judge, Jury and Jailhouse Rockcakes: Wonky Inn Book 11
A Midsummer Night's Wonky: Wonky Inn Book 12
Halloween Heebie-Geebies: Wonky Inn Book 13
Owl I want for Witchmas is Hoo: A Wonky Inn Christmas Cozy Mystery
Oh Mummy!: Wonky Inn Book 14
Pieces of Hate: Wonky Inn Book 15
The Faery of Witchmas Past: A Wonky Inn Christmas Cozy Special
Wonkytonk Witch: Wonky Inn Book 16
A Wonky Apprentice: Wonky Inn Book 17
A Barbarous Band of Blood Brothers: Wonky Inn Book 16

Spellbound Hound

Ain't Nothing but a Pound Dog: Spellbound Hound Magic and Mystery Book 1

Wonderland Detective Agency

The Pool of Tears: Wonderland Detective Agency Book 6

Into the Labyrinth: Wonderland Detective Agency Book 7 (Release TBC)

The Municipality of Lost Souls

Sugar Plum Scary: A Cozy Fairy Tale Retelling

Midnight Garden: The Extra Ordinary World Novella Series Book 1

Beyond the Veil

Crone

A Concerto for the Dead and Dying

Deadly Encounters: A collection of short stories

Keepers of the Flame: A love story

With Peter Alderson Sharp

The Creature from the Grim Mire: A humorous Sci-fi, Time Travel and Alien Contact Mystery

Non-Fiction

Auch von Jeannie (in englischer Sprache):

Losing my best Friend

Thoughtful support for those affected by dog bereavement or pet loss

Ohne Titel

Updates von Jeannie gibt's hier:

Sign up for Jeannie's newsletter on her website www.
subscribepage.com/JeannieWycherleyWonky

Buy Jeannie a coffee
www.buymeacoffee.com/jeanniewych

Find out more at on the website www.jeanniewycherley.
co.uk

Or visit her on Facebook for her fiction
www.facebook.com/jeanniewycherley

Follow Jeannie on Instagram (for bears and books) www.instagram.com/jeanniewycherley

Live reads and signed books available from Jeannie on Tiktok @jeanniewycherley

Printed in Poland
by Amazon Fulfillment
Poland Sp. z o.o., Wrocław

31902329R00176